LES
HÉROS DE RABELAIS

OU AVENTURES DROLATIQUES

DE

GARGANTUA, PANURGE ET PANTAGRUEL,

MIS EN VERS LIBRES.

Imprim, de Pommeret et Moreau, quai des Augustins, 17.

LES
HÉROS DE RABELAIS

OU AVENTURES DROLATIQUES

DE

GARGANTUA, PANURGE ET PANTAGRUEL,

MIS EN VERS LIBRES

PAR

Th. Fragonard et Jules de Lamarque.

PRÉCÉDÉ

D'UNE NOTICE

SUR LA VIE ET LES OUVRAGES DE FRANÇOIS RABELAIS

Par Patrice Rollet.

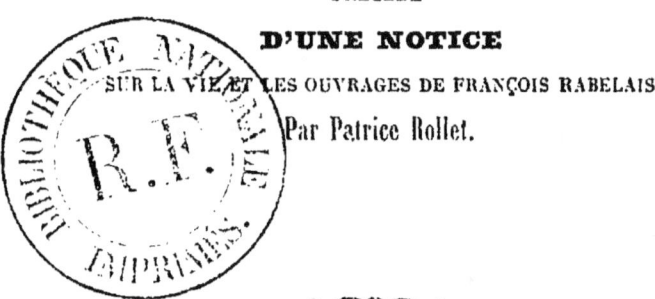

PARIS,

PAUL PERMAIN ET Cie, ÉDITEURS,

RUE MAZARINE, Nº 30.

1851.

1850

NOTICE

SUR LA VIE ET LES OUVRAGES

DE FRANÇOIS RABELAIS.

———•◦•———

Le seizième siècle, âge de réveil pour l'esprit moderne, après le long sommeil des siècles de barbarie, est de toutes les époques de notre histoire la plus étrange et la plus complexe assurément. Tous les débris du passé y sont remués dans un travail sans repos, tous les germes de l'avenir y fermentent confus. On trouve un instant comme deux mondes en présence, dont l'un ne sera bientôt qu'une vaste ruine, dont l'autre attend le souffle de vie qui l'animera. Rarement distincts au sein de la lutte, leurs éléments se croisent, se séparent, se réunissent, flottent dispersés d'ici delà, se heurtant et s'entre-heurtant, s'attirant et se repoussant tour à tour. Pêle-mêle sans pareil, où le sensualisme païen et le fanatisme hébraïsant, le doute philosophique et le dogmatisme religieux, opinent à la fois; où la bannière de l'hérésie et le drapeau de l'orthodoxie passent de main en main, du moine au prélat, du prince au gentilhomme; où les libations joyeuses préludent aux excommunications terribles; où le choc des verres éclate à côté du cliquetis des épées; où, pendant que Jérémie se lamente en chaire avec des gestes menaçants, tandis que le farouche sectaire dresse pieusement son bûcher, Anacréon se couronne de roses en compagnie de Pyrrhon le sceptique et de Démocrite le railleur.

Né vers la fin du quinzième siècle, décédé au milieu du seizième, Rabelais est, au-dessus de tous ses contemporains, la vivante incarnation du mouvement de renaissance antique; seulement l'esprit des vieux sages est relevé en lui d'une petite pointe d'hérésie sans zèle, sans aigreur, à l'usage des honnêtes gens d'alors, plus, d'un grain substantiel de gaîté malignement débraillée et de haute goinfrerie gauloise. En témoignent abondamment sa vie sérieuse au fond, ronde de tour; ses écrits à la fois mets succulent et franche lippée; sa personne épanouie et noble, rayonnante d'intelligence dans l'œil et le front, respirant le satyre par la bouche ouverte, moqueuse, avide, dénonçant le vin et la bonne chère par les chaudes enluminures de la face et l'embonpoint mémorable du ventre.

C'est dans la compagnie des moines que se forma cet ennemi de toute moinerie moinante dans le monde : à l'abbaye de Seuillé et au couvent de la Basmette d'abord, puis à Fontenay-le-Comte et à l'abbaye de Maillezais, où il fut tour à tour prêtre franciscain et chanoine bénédictin. C'est là qu'après avoir appris *à boire, manger et dormir*, qu'après s'être enrichi la mémoire des *beaux prêchans et des beaux répons* des religieux, qu'après s'être récréé au spectacle des longues processions et des cérémonies sans fin, il étudia, en manière de luxe, les lettres grecques et latines et meubla pour l'avenir son imagination de plus d'un type joyeux. De cette époque datent sa correspondance avec Guillaume Budé, l'illustre helléniste, son amitié et ses liaisons avec le débonnaire, équitable et docte Tiraqueau, avec le fécond écrivain Jean Bouchet, avec Geoffroy d'Estissac, avec les quatre frères du Bellay, qui bientôt s'élevèrent aux plus hautes dignités de l'Eglise et de l'Etat. Parmi ses confrères les moines, gens généralement plus curieux de vieux vin que de vieille science, Rabelais trouvait même à qui parler en grec et latin; Antoine Ardillon était réputé fort instruit, Pierre Amy écrivait la langue de Démosthènes. Auberges ouvertes au pauvre ignorant, bibliothèques pour l'ami des livres mal renté par dame fortune, les couvents n'étaient donc pas si noirs qu'on nous les a faits ; et, tout considéré, la moinerie, confite en patenôtres et en ivrognerie, valait la pionnerie morfondue en docte ignorance et sot philosophisme.

Comment Rabelais sortit des franciscains, cela est obscur et difficile à conter. D'aucuns l'ont accusé de friponneries d'importance, d'autres ont parlé d'un certain méfait qui cadre mieux avec son caractère. Divisés d'opinions même à ce sujet, ceux-ci lui imputent tantôt la composition de drogues qui *rendent l'homme refroidi, maléficié, impotent à génération*, tantôt celle de drogues d'une nature entièrement contraire, et fort hostiles, hélas! par l'ardeur qu'elles allument au vœu de chasteté. Quoi qu'il en soit, il fut l'auteur d'un grand scandale, mis *in pace* pour cette raison, et délivré seulement par l'intervention solennelle du bon Tiraqueau,

lieutenant-général de la sénéchaussée de Poitou.
De la maison des dominicains, Rabelais s'échappa
assez légèrement, mais il n'en fut pas tiré par main
de justice. A ce moment une nouvelle existence
commence pour lui, existence agitée, savante et
vagabonde. Sa première halte a lieu chez Geoffroy
d'Estissac, ancien condisciple, qu'il a retrouvé évêque de Maillezais. Il y passe de douces années pendant lesquelles il fait connaissance de Clément
Marot, du célèbre Calvin, helléniste avant d'être
sectaire, et d'autres hommes distingués, tous em-
portés vers les idées de réforme par des courants
divers et à des degrés différents. L'époque était
mauvaise, la Sorbonne et le Parlement impitoyables; voyant les flammes du bûcher jeter à Paris
leur lueur sinistre, Rabelais crut la fuite bonne et
partit pour Montpellier. Il avait alors plus de qua-
rante ans, âge un peu tardif pour s'asseoir sur les
bancs d'une école. Son érudition immense lui fit
gagner rapidement le temps perdu, et l'entrain de
son humeur le plaça au niveau de folie de ses
jeunes camarades. Dès son arrivée, une brillante
discussion de botanique médicale attirait sur lui les
regards de la faculté. Un mois après, élevé au bac-
calauréat, il ouvrait le cours de ses leçons par l'ex-
plication des *Aphorismes* d'Hippocrate et de l'*Ars
parva* de Galien, directement interprété sur le texte
grec. En même temps il imaginait un cérémonial
burlesque pour la réception des nouveaux bache-
liers, salués dans la robe rouge, insigne de leur
dignité récente, du coup de poing d'adieu des éco-
liers laissés derrière; et, se faisant auteur et acteur,

il donnait et représentait, devant un auditoire ravi autant que lui-même du *gai patelinage, la morale Comédie de celui qui avait épousé une femme muette,* pièce dont Molière n'a pas dédaigné depuis de reprendre l'idée dans *le Médecin malgré lui.*

Après un voyage à Paris pour y défendre les intérêts de l'université de Montpellier, voyage marqué par l'incident si connu des sept langues parlées aux sept interprètes du chancelier Duprat, surpris de tant de savoir, Rabelais se rendit à Lyon, où l'appelait l'éditeur Etienne Dolet. De professeur passé prote, il publia dans cette ville divers ouvrages de médecine et de littérature anciennes, et s'essaya, pour la première fois, au genre d'écrits qui devaient rendre son nom célèbre par la *Chronique gargantuine.* Dans cette ébauche, production d'un génie qui se cherche et ne s'est point trouvé, on reconnaît le germe du chef-d'œuvre futur. Il y est fort enveloppé des farces et des fictions grossières où se plaisait l'époque; mais qu'un jour la philosophie qui dort au fond et s'échappe déjà en éclairs fugitifs de puissante malice, se dégage tout à fait, et l'on connaîtra quel maître est *Alcofribas Nasier,* aujourd'hui bouffon sans conséquence. Ce jour né tarda pas, et François Rabelais, alléché par un premier succès, donnait bientôt, sous le même anagramme, *les horribles et espovantables faicts et prouesses du très-renommé Pantagruel, roy des Dipsodes, fils du grand géant Gargantua,* d'où fut tirée plus tard la seconde partie de son grand ouvrage. Le livre fit fureur, et trois éditions consécutives signalèrent l'accueil empressé du public. S'il s'y trouve encore beaucoup du vieux fatras, on y admire en revanche des passages vraiment poétiques. On a remarqué le touchant et comique tableau de la douleur et de la joie de Gargantua, pleurant d'un œil la mort de Badebec, sa femme, souriant de l'autre à la vue de son fils naissant.

> Pantagruel eut Badebec pour mère,
> La pauvre dame, en lui donnant le jour,
> Perdit la vie. En sa douleur amère,
> Gargantua pleure et rit tour à tour;
> Car s'il était tout joyeux d'être père,
> De cette mort il avait l'âme en deuil,
> Pleurant d'un œil et riant de l'autre œil.
> Et cependant se plaignant de la sorte :
> « Ma Badebec, ma pauvre femme, est morte!
> « Cruel destin, que ne me prenais-tu!
> « Je n'aurais pas la douleur de sa perte!
> « Que la maison va me sembler déserte!
> « Mon pauvre enfant, combien as-tu perdu!
> « Hélas! hélas! que me sera la vie
> « Sans Badebec, ma mignonne chérie!
> « Si Badebec ne doit plus revenir,
> « Ma vie, hélas! ne sera que languir! »
> Puis, sur son fils jetant soudain la vue,
> Il se sentait tressaillir de bonheur :
> « Oh! mon petiot de tant belle venue,
> « S'écriait-il en riant de bon cœur,
> « Combien je dois rendre grâce au Seigneur
> « Qui m'a donné si belle géniture! »
> Mais Badebec et sa pâle figure,
> Apparaissant à son ressouvenir,
> Il se prenait à pleurer, à gémir (1).

Jean du Bellay, évêque de Paris, quittant son am-

(1) Voy. ci-après, le début du livre II.

bassade d'Angleterre, se dirigeait en ce moment sur Rome pour y remplir une mission diplomatique. Ancien condisciple de Rabelais, épris des belles choses et des vives hardiesses autant qu'orateur fleuri et politique habile, le Pantagruel l'avait charmé par l'union des plus merveilleuses qualités de style et de l'incomparable originalité des aperçus. Il proposa à l'auteur, qui accepta avec reconnaissance, de l'attacher à lui en qualité de médecin. Voilà donc notre philosophe, demi-hérétique, demi-épicurien, en route pour le pays des *papimanes*. Ce qu'il y fit, on le suppose aisément. Semant d'une main prodigue la graine du sarcasme joyeux, pressant avidement de l'autre les mamelles du divin savoir, il se montra à son ordinaire audacieux plaisant et grand gourmand d'instruction nouvelle. Il utilisait le temps que lui laissaient les occupations de sa charge à ajouter l'arabe au trésor de ses connaissances linguistiques, à étudier les monuments et les débris de la Rome antique. Quand l'occasion d'un bon mot se présentait, il ne manquait point de la saisir aux cheveux. Ainsi voyant, dans une audience particulière, l'ambassadeur son maître baiser respectueusement la mule du pape, il se retire derrière un pilier et dit à ses voisins : « Si mon maître, qui est un gros seigneur, baise les pieds du Saint-Père, que faudra-t-il donc que je lui baise, moi qui ne suis qu'un mince personnage ? » Comme, effrayé de ses propres paroles, il avait fui alors, malgré des torrents de pluie, de toute la vitesse des jambes du premier cheval trouvé, aimant mieux, disait-il, être mouillé que brûlé, on le rappelle, et

Clément VII lui accorde une entrevue où, en preuve de généreux pardon, il l'invite à lui adresser une demande, s'engageant à y satisfaire, quelle qu'elle soit. « Excommuniez-moi, » répond vivement Rabelais, et, motivant aussitôt la surprenante supplique, il ajoute : « Saint-Père, je suis Français et d'une petite ville nommée Chinon, qu'on tient être fort sujette au fagot ; on y a déjà brûlé quantité de gens de bien et de mes parents ; or, si votre sainteté m'excommuniait, je ne brûlerais jamais, et voici ma raison : En venant à Rome, nous nous sommes arrêtés à cause du froid, dans une méchante petite maison de la Tarentaise ; une vieille femme s'étant mise en devoir de nous allumer un fagot et n'ayant pu en venir à bout, s'est écriée qu'il fallait que ce fagot fût excommunié de la propre gueule du pape, puisqu'il ne voulait pas brûler. »

Parti de Rome sur l'appel du prince, Rabelais se trouva arrêté dans sa route par le plus vulgaire des incidents, celui auquel les hôteliers français compatissent le moins, le défaut d'argent. A Lyon eut lieu pour lui le fâcheux *quart-d'heure* que les seuls millionnaires ne connaissent pas. Lorsque la bourse est indigente, à l'imagination d'être riche. Rabelais fit avertir les médecins de la ville qu'un confrère étranger désirait leur faire une intéressante communication. Les hommes, et les plus graves, étant tous un peu femmes par la curiosité, la foule d'accourir. Lui, déguisé d'habit, de figure et de voix, étonne d'abord l'assistance par un grand étalage de science, puis, les esprits préparés, il ferme les portes, annonce un secret, et, prenant quelque

chose qui sent la pharmacie : « Voici, dit-il aux au-
diteurs, un poison très-subtil (boucon) que je suis
allé chercher en Italie pour vous délivrer du roi et
de ses enfants. Oui, je le destine à ce tyran, qui
boit le sang du peuple et qui dévore la France. »
Tenu de notre temps en conciliabule de frères, ce
discours eût paru merveilleux peut-être de dévotion
démocratique ; en une époque que la notion du
droit social n'avait point éclairée et que n'exaltait
pas l'amour de l'humanité, il épouvanta simple-
ment. Peu d'instants après, la maison est cernée, et
notre héros empoigné, voyage sous bonne escorte
en compagnie de son poison, avec les égards dus
toutefois à des prisonniers de cette importance. Les
magistrats lyonnais eurent l'honneur de présenter
leur capture à la royale personne de François Ier. Mais
quelle ne fut pas leur stupéfaction ! quand ils virent
le monarque sourire à l'aspect bien connu du bonhomme Rabelais redevenu lui-même, et les congé-
dier avec une courtoise politesse et des paroles gracieuses, qui, malgré tout, avaient leur ironie !

Ennemi des repos prolongés, continuellement
agité d'esprit, nous retrouvons bientôt notre héros
à Lyon. Il y enseigne l'anatomie comme médecin
du grand hôpital ; il y publie comme astronome l'al-
manach de 1535 et une sorte de pamphlet dirigé
contre l'astrologie judiciaire sous le nom de *pantagruéline Pronostication ;* enfin, mêlant suivant son
usage l'agréable à l'utile, il y remanie de fond en
comble son Gargantua et le donne tel que nous le
possédons. Cependant, à la suite de placards blas-
phématoires suivis de profanations sacriléges com-

mises sur une statue de la Vierge, la persécution a recommencé en France; pour Rabelais, toujours soupçonné d'hérésie ouverte ou cachée à cause de ses libres ouvrages et de ses fréquentations suspectes, c'est le moment de fuir en Italie. Il y court reprendre ses fonctions chez l'ambassadeur du Bellay et se faire absoudre de son apostasie monastique. Pourquoi une idée analogue ne guida-t-elle pas le malheureux Michel Servet? Au lieu de s'aller faire brûler à Genêve par les ordres du peu miséricordieux Calvin, il fût revenu de Rome blanchi ainsi que maître Rabelais sur suppliante requête et humble rétractation. Celui-ci, de retour d'outremonts pour la seconde fois, passa quelque temps à Montpellier, où il fut reçu docteur et professa de nouveau. Il vint ensuite à Paris joindre ses vieux amis, Etienne Dolet et Clément Marot, que la fin de l'orage y avait amenés. Cultivant la douce sagesse dans leur intimité, il se mit alors aussi à pratiquer la médecine, celle qu'il a si fort recommandée dans ses livres, la médecine qui ne travaille pas moins à réjouir l'esprit abattu des malades qu'à guérir les infirmités de leur corps; et on le vit, moine et docteur, cumuler tranquillement les avantages du siècle et les profits du canonicat. Tranquillité naïve que les plus rigoureux partagent si d'occurrence la fortune les favorise d'un double emploi!

Rabelais comptait trop d'ennemis pour ne pas être troublé dans sa paisible jouissance. Son propre protecteur, le cardinal du Bellay, lui signifia de quitter le monde et de remplir dans le couvent de

Saint-Maur-des-Fossés ses devoirs de chanoine ré-
gulier. Quoique Rabelais ait célébré cette retraite
comme un *paradis de salubrité, aménité, sérénité et
commodité,* il ne laissait pas, poussé par son humeur
vagabonde, de la quitter souvent. C'étaient des visites à rendre à de bons camarades, de vieilles af-
fections à renouer, un neveu et les lieux témoins de
son enfance à revoir. Entre ces lieux chers, il aimait
l'hôtellerie paternelle de la Lamproie et ce fameux
cabaret de la Cave-Peinte, auquel on montait de la
basse ville de Chinon *par autant de degrés qu'il y a
de jours en l'an,* et qu'il rappelle en mainte occasion dans le Pantagruel avec une complaisance où
le joyeux souvenir de l'ivrogne cache mal l'émotion
du poëte et de l'homme. Il cultivait surtout, en fait
de relations amicales, la société des frères du cardinal du Bellay, allant de la Normandie, où rési-
dait Martin, lieutenant-général de la province par
faveur royale et roi d'Yvetot par bénéfice de mariage, dans le Maine, siége de l'épiscopat de René,
et quittant la résidence de celui-ci pour faire de
longs séjours auprès de Guillaume, seigneur de
Langey. Il s'y trouvait lorsque ce gentilhomme,
guerrier et négociateur distingué, auteur de mé-
moires perdus, mourut à son retour de Savoie où
il commandait nos armées. Il assista à ses derniers
moments, remarquables par les paroles prophé-
tiques qui les précédèrent. Rabelais, dont l'esprit
en resta profondément frappé, fut institué léga-
taire d'une petite pension et composa pour la tombe
du défunt cette épitaphe, belle malgré son exagé-
a tion :

Ci gît Langey, dont la plume et l'épée
Ont surmonté Cicéron et Pompée.

Depuis plus de dix ans que la suite du Pantagruel
avait été promise au public, il n'avait rien paru.
Rabelais se décida enfin en 1546 à tenir sa pro-
messe, bravant les dangers qu'il pouvait y avoir.
En 1543, Etienne Dolet, convaincu d'hérésie,
avait péri dans les flammes; l'année suivante, pour
se soustraire aux suites d'un procès de religion,
Bonaventure Despériers s'était précipité sur son
glaive; en 1545, Clément Marot avait dû, à cause
de sa traduction française des Psaumes de David,
reprendre une fois de plus le chemin de l'exil.
Mieux servi par son audace, l'ami de tous ces hommes
obtint privilége de François Ier, non seulement pour
publier la troisième partie de son ouvrage, mais pour
rééditer les deux premiers livres, qualifiés, dans
les lettres royaux, *non moins utiles que délectables*.
Les moines et les docteurs de Sorbonne, vivement
attaqués par l'auteur, étaient loin de partager sans
doute une si favorable opinion. Mais Rabelais, déjà
protégé contre leur fureur par les pantagruélistes
de la cour, mit encore entre eux et lui le rempart
des Alpes et des distances. Il accompagna, pour la
dernière fois, le cardinal du Bellay en Italie. Nouveau voyage, nouveaux incidents. Un jour que le
cardinal était grandement souffrant d'une humeur
hypocondriaque, une assemblée de médecins fut
appelée à émettre son avis. Après inspection du
malade, les diagnostics du mal établis, on ordonna
une décoction apéritive. Soit qu'une telle assemblée
eût blessé son orgueil de docteur spécialement at-

taché à la personne de l'Eminence, soit que le remède s'éloignât de son goût, Rabelais sort avant ses
confrères; il fait allumer au milieu de la cour un
grand feu, place au-dessus un trépied et sur le trépied un chaudron plein d'eau où bouillent des clefs
jetées à foison. Au passage des docteurs, « Messieurs,
dit-il, j'accomplis votre ordonnance, d'autant qu'il
n'y a rien tant apéritif que les clefs, et, si vous n'êtes
contents, j'enverrai à l'arsenal quérir quelque pièce
de canon, ce sera pour la dernière ouverture. » On
connaît les railleres impitoyables de Rabelais sur
l'astrologie judiciaire; mais il fallait s'accommoder
au temps et préparer à ses derniers jours quelque
faveur profitable. Voici donc l'auteur de la Pronostication pantagruéline en train de prophétiser à son
tour par soleil et planètes, pour le peuple et pour
la cour, savoir : pour fils et filles du commun dans
ses almanachs de 1546 et de 1550; pour le dauphin
de France, fils de Henri II, dans l'horoscope du
jeune prince, tiré le 3 février de ce dernier an.

Lorsqu'on devient courtisan, on ne le saurait
trop être. Un simulacre de bataille et de combat
naval avait eu lieu à Rome sous le nom de *Scioma-
chie*, à l'occasion de la naissance du duc d'Orléans;
Rabelais en donna la description ornée. Diane de
Poitiers, fort célébrée dans la fête, fut sensible à
l'hommage du narrateur, et notre héros, rappelé à
Paris, obtint par sa protection et celle du complai-
sant cardinal de Lorraine, la cure de Meudon. Les
écrits du nouveau pasteur, assez peu édifiants, et
sa vie joyeuse à l'aventure, paraissaient mal justi-
fier un pareil choix. De hauts cris partirent d'une

foule de consciences. Pierre Ramus l'hétérodoxe et Pierre Galland l'aristotélien en furent les principaux interprètes. Rabelais, sans être étonné le moins du monde, répondit à tant de colère coalisée par la publication de la quatrième partie de son livre, où de pédantesques ennemis, *papelards et démoniacles calvins*, étaient ridiculisés dans un piquant prologue à l'*En veux-tu, en voilà!* Ce fut alors une bien autre affaire. Outre les attaques particulières dont nous parlons et les grivoiseries accoutumées du langage, les moines étaient pris à partie comme *volontiers en cuisine*, et les gens de chicane avec eux, et le carême et les jeûnes, et le pape et le sacré collége, tout ce qu'on révérait enfin. La Sorbonne censura des impiétés aussi manifestes; et le Parlement, saisi de l'affaire par le parquet, les condamnait lui-même par arrêt du 1er mars 1555, quand les pantagruélistes de la cour, protecteurs cachés de l'auteur, intervinrent auprès du roi et firent lever l'interdit judiciaire prononcé sur le livre.

Désormais rendu prudent par le péril auquel il venait d'échapper, et peut-être aussi conseillé par la vieillesse amie du repos, Rabelais, s'il composa encore, ne songea plus à rien publier (1). Partageant son temps entre les devoirs de sa cure et la culture assidue des lettres, entre les visites familières qu'il rendait au duc et à la duchesse de Guise, ses bons paroissiens du château de Meudon, et les visites qu'il recevait lui-même de quelques vieux amis, savants ou personnages haut

(1) La dernière partie de son œuvre, et la plus hardie, a été éditée après sa mort.

placés, on le vit abriter, de la décence correcte de
sa conduite, la gaillardise immodérée de sa répu-
tation. Pour couper tout prétexte à la calomnie, il
allait jusqu'à interdire aux femmes la porte du
presbytère. Il y a loin sans doute de ce Rabelais-là
au Rabelais de convention, qui, pour égayer ses
cheveux blancs, fait le dimanche danser sous l'or-
meau les fillettes et les garçons du village. Celui-ci,
faut-il le dire, est le pur type du curé libéral, animé,
sous un nom d'emprunt, par le chansonnier illustre, par le fin et malicieux bonhomme qui signe
Béranger. Mais, si la circonspection et le respect
humain veillèrent chez Rabelais à la dignité exté-
rieure des années déclinantes, il paraît que le
diable se rattrapa au moment de la mort. On ra-
conte qu'interrogé par le prêtre qui l'assistait s'il
croyait à la présence réelle, il répondit, couvrant
l'ironie du langage et la malignité de l'allusion sous
un air benoîtement hypocrite : « Je le crois et j'en
suis tout réjoui; car je crois voir mon Dieu tel qu'il
était quand il entra dans Jérusalem, triomphant et
porté sur un âne. » Un page étant venu de la part
du cardinal du Bellay s'informer de son état, il le
fit, raconte-t-on encore, approcher du lit où il gîsait
et lui adressa ces paroles : « Dis à Monseigneur en
quelle galante humeur tu me vois; je vais quérir
un grand peut-être. » On assure, enfin, que, par
une dernière et triste profanation de l'instant su-
prême, il recueillit alors ses forces pour s'écrier
avec un lugubre éclat de rire : « Tirez le rideau, la
farce est jouée ! » Il avait dicté auparavant le généreux testament que voici : « Je n'ai rien vaillant;

je dois beaucoup; je donne le reste aux pauvres. »

Telle fut la vie de l'homme, telle est l'œuvre. A côté de pages où éclate dans sa verve le plus vif bon sens, où brille la raison la plus pure, des pages où la liberté du langage va jusqu'à l'impudeur la moins voilée. Le travail poétique de MM. Théophile Fragonard et Jules de Lamarque, exécuté sur les parties les plus saillantes du Gargantua et du Pantagruel, rejette, avec les endroits longs et obscurs, les indécentes crudités qui trop souvent souillent le style, les hardiesses cruellement blessantes pour le dogme où la morale. Outre ce mérite, les deux auteurs en ont un autre incontestable : rendre l'œuvre de Rabelais abordable pour le vulgaire que rebute l'obscurité d'expressions étrangères ou vieillies, inspirer aux indifférents l'idée de la connaître. Leur imitation, habituellement heureuse, où le vers a du tour, la phrase de la rondeur et le mot du trait, atteindra son résultat en donnant à Rabelais un plus grand nombre de lecteurs et d'admirateurs. Nos deux écrivains n'en sont pas d'ailleurs à faire avec le public une première connaissance. M. Fragonard est dès longtemps estimé dans les arts pour ses dessins spirituels et ses élégantes illustrations; un succès dans les lettres ne sera pour lui qu'une palme cueillie dans un nouveau champ. M. Jules de Lamarque, auteur d'une *Histoire de la Révolution française* et d'écrits divers, a donné de plus un gracieux petit volume de poésies sous le titre de *Figurines*, dont nous n'avons, pour le louer dignement, qu'à constater le succès tout littéraire.

PATRICE ROLLET.

Dédicace.

Amis de la dive bouteille,
Et vous qui de Vénus fréquentant le sentier,
Hormis le cœur n'avez plus rien d'entier,
A vous ces vers écrits sous une treille !

LES HÉROS DE RABELAIS.

LIVRE PREMIER.

Gargantua.

PROLOGUE.

Alcibiade, au banquet de Platon,
  Nous dit, tout en louant son maître,
  Que Socrate lui semblait être,
  Pour le fond, la forme et le ton,
  Un vrai Silène; — or un Silène
  Etait une amphore vilaine,
Et l'on voyait, sur ses énormes flancs,
Harpie, oison bridé, cerf bâté, boucs volants,
  Peintures bizarres et faites
  Pour exciter le ris moqueur;
  Mais si, laissant là ces sornettes,
  Vous vouliez goûter la liqueur,
Vous la trouviez exquise et savoureuse:
  L'apparence est souvent trompeuse,

— Çà! dira-t-on, vous moquez-vous?
A quel propos nous conter cette histoire?
    — Je vous le dis, mais entre nous,
Ce que vous allez lire est difficile à croire,
Et, lorsque vous verrez mes dits sur Grandgosier,
Ou sur Pantagruel et sur monsieur son père,
Ou sur les pois au lard avec un commentaire,
    Vous me croirez en veine de railler.
Mais ignorez-vous donc, ô têtes sans cervelle,
Que l'habit ne fait pas le moine. En œuvre telle,
Gardez-vous bien d'un jugement léger,
Sans un mur examen on ne peut la juger.
    Soigneusement reprenez donc ce livre,
    Pesez-en bien la valeur du déduit,
    Et vous verrez que l'écrit qu'on vous livre
    En dit bien plus que n'en promet l'étui.
    Si vous trouvez quelqu'agréable conte
    Riez-en, soit! mais ce n'est tout, je compte
    Que vous n'irez aux mots vous arrêter,
        Ni sournoisement me prêter,
A moi pauvre innocent, ce que je n'ai pu dire;
    Si votre esprit, enclin à la satire,
Devait, malignement, cette œuvre interpréter,
    Gardez pour vous votre belle trouvaille,
    Et n'allez pas, avec plus fort que nous,
        Me faire engager la bataille.
        Puis, de bonne foi, croyez-vous
Qu'Homère avait voulu faire de l'alchimie,

Quand il chantait les combats de Phrygie,
Ou bien qu'Ovide en ses contes charmants,
Envisageait les très-Saints-Sacrements?
Certain croque-lardon (si j'ai bonne mémoire,
Nommé frère Lubin) veut nous le faire accroire;
Mais qui peut croire à tout ce qu'il déduit,
A ce compte il faudrait être aussi sot que lui,
Et, si nombreux que des sots soit le cercle,
De ce pot-là, je ne vois le couvercle.
Puis un conseil avant de nous quitter,
De cet écrit si voulez profiter,
N'oubliez pas qu'il faut surtout le lire
Avec l'esprit qui me l'a fait écrire :
Je bois d'abord et j'écris tôt après,
Et là-dessus bonsoir, et buvez frais !

I.

De la généalogie de Gargantua.

Je donnerai plus tard, pour éviter redite,
La liste des aïeux du grand Gargantua,
Pour cette fois tenez-m'en quitte;
Excusez-moi, puisque ces choses-là
Avec plus de plaisir sont surtout écoutées.
Lorsqu'on les a plus souvent répétées,
Et, plût à Dieu ! que chacun d'entre nous,
Sages et fous,

Sût aussi bien sa généalogie
  Que celui dont j'écris la vie!
Car, voyez-vous, je pense que plusieurs
Sont aujourd'hui princes et grands seigneurs,
Qui sont issus de quelque porte-balle,
Quand, au rebours, maints pauvres souffreteux
  Descendent d'illustres aïeux.
La destinée est en cela fatale!
A dire vrai, point n'en suis étonné;
Examinez le destin de ce monde :
L'un parle en maître où l'autre a gouverné,
Et le pouvoir ainsi passe à la ronde.
D'après cela, ne peut-il m'être échu
Un peu du sang de quelque roi déchu?
Oui, je me sens porté par goût, par caractère,
A bien boire, à manger, surtout à ne rien faire.
Puis, au milieu d'amis enrichis de ma main,
A vivre, sans avoir souci du lendemain.
  Or, cette généalogie,
Par don céleste à nous fut départie.
  Jean Audeau, fouillant son terrain,
  Découvrit une tombe antique
  Si longue qu'il n'en vit la fin,
  Y trouvant pour toute relique,
  — Si ne me croyez, allez-y —
Un livre grand, gros, gras, gris et moisi,
Qui pour ce fait, ou pour toute autre cause,
Sentait plus fort, mais non pas mieux que rose.

Tout aussitôt on me fit appeler ;
Puis, à grand renfort de lunettes,
Que j'essuyai, pour les rendre plus nettes,
Je traduisis, non pas sans épeler,
En suivant des anciens la méthode connue
Pour lire les écrits que ne saisit la vue,
Et j'écrivis ce qui suit plus avant.
Mais cependant le rat, peut-être la belette
(Je ne voudrais pour or ni pour argent
Mentir en rien), de cette œuvre complète
Ayant rongé tout le commencement,
Ce qui manquait, je n'ai pu le transcrire,
Et j'inventai le demeurant.

II.

Comment Gargantua fut porté onze mois par sa mère.

Mons Grandgosier aimait à rire,
En son temps il fut bon paillard,
Buvant rubis sur ongle autant qu'homme de France ;
Pour mieux boire, il mangeait du jambon de Mayence,
Langue de bœuf, et force pois au lard,
Gros cervelas assaisonnés d'épices,
Saucissons bien poivrés, andouilles et saucisses.
En son âge viril, sans attendre plus tard,
Il s'établit, épousa Gargamelle ;
Du roi des Parpaillots, c'était le rejeton.

De ses ébats avec la piquante donzelle
   Naquit un beau garçon,
Que sa mère onze mois aurait porté, dit-on.
—Onze mois ! vous raillez, va penser quelque sage.
— L'on en mit tout autant et même davantage
   A fabriquer maint brillant personnage;
Pour un chef-d'œuvre il faut bien plus de temps
   Que pour un travail ordinaire.
Quand d'Hercule Jupin voulut bien être père,
   Il n'y mit point quelques instants,
Car la nuit qu'il passa chez sa madame Alcmène
   Dura moitié de la semaine;
Mais aussi quel gaillard naquit de cet hymen !
Quant à la mère, il est, par maints docteurs sublimes
   (Et je l'ai lu sur plus d'un parchemin),
Il est bien déclaré que de fruits légitimes
Elle peut se vanter, pour les enfants venus
Onze mois même après le trépas de leur père.
Ce que j'avance ici n'est dit à la légère;
Consultez là-dessus Hippocrate et Plautus,
Pline et Marcus Varron, Gellius, Censorinus,
Aristote, Servius, même le grand Virgile,
Et d'autres fous encore, il en est plus de mille
Dont le nombre est, sans fin, par légistes accru;
Or donc, ne soyez point surpris si je l'ai cru.
   Mais, avec une loi pareille,
   Aux collatéraux je conseille,
   Le défunt n'ayant pas d'enfant,

De surveiller, cas très-urgent!
Sa veuve, ou plutôt son argent,
Car un héritier pourrait naître,
Qui du magot deviendrait maître,
Au désespoir de maint tendre parent.
L'on me dira que ce n'est supposable,
Qu'une veuve est inconsolable,
Au moins pendant deux ou trois mois;
Cela peut être, mais je crois
Que s'y fier ne serait pas très-sage.
J'invoque ici le témoignage
De la fille d'Octavien;
On lui prêchait la tempérance :
Les animaux, lui dit-on, savent bien,
Hors au printemps, vivre avec continence.
Elle répondit en deux mots :
Sunt animalia : ce sont des animaux!

III.

Propos de buveurs.

Laissons cela. — Gargamelle étant grosse
Et, dans le temps que son terme arrivait,
Chez Grandgosier on mangeait, on buvait
Dans son castel, au gras pays de Beauce.
C'était plaisir de les voir rigoler,
De voir les jeunes gens danser à la musette

Et l'herbe en maint endroit fouler ;
Les grands parents ne quittaient la buvette,
Et gais propos comme flacons d'aller.
Verse sans eau, Catherine, ma mie !
Noyons dans le clairet cette fièvre ennemie !
Qui fut premier ou soif ou buverie ?
Soif ! — Car sans soif eût-on bu dans l'Eden ?
Boire plutôt, car un besoin suppose
Une habitude. — Ah ! quel logicien !
Soit, à cela je ne m'oppose,
Pourvu que vous versiez, peu m'importe ! je boi,
Pour la soif à venir et la présente ; à moi,
A boire ! à boire ! et qu'on verse avec zèle ;
A boire donc, car la langue me pèle.
Buvez toujours, et soif jamais n'aurez,
Buvez toujours et jamais ne mourrez ;
Rouge ou blanc, verse du liquide,
La nature abhorre le vide.
Mouillons, car il fait bon sécher,
Ailleurs la soif il faut chercher.

IV.

Comment Gargantua naquit d'une étrange façon.

Pendant qu'on faisait chère vie
Et qu'on tenait propos de buverie,
Gargamelle en grand'peine était,

Amèrement se lamentait,
Et, pour tout dire, elle accouchait.
   Grandgosier la reconfortait
   Et mainte fois lui répétait :
   « Allons, du courage, ma mie,
   Ce sera courte fâcherie,
   Et tôt après, grand'joie aurez
   Quand le poupon embrasserez.
   Ainsi l'a dit le divin maître :
Dans la douleur la femme a le cœur attristé ;
   Mais que l'enfant qui vient de naître
   Tout soudain lui soit présenté,
   L'angoisse est prompte à disparaître
Comme tout souvenir de ce qu'il a coûté. »
La Beauce en a longtemps conservé la mémoire,
L'on entendit alors crier : — à boire! à boire!
   C'était l'enfant qui paraissait,
   Et qui, si l'on en croit l'histoire,
   Par l'oreille gauche passait.
Cette naissance étrange et singulière
Vous paraîtra peut-être mensongère ;
   — Mais peu m'importe, et puis pourquoi
Ne pas m'en croire?—Eh! direz-vous, mon maître,
   C'est que cela ne saurait être.
   — Pauvre raison! Est-ce donc que la foi
Ne prouve pas choses invraisemblables?
Pour moi, si je les crois, elles sont véritables;
   Et vous pouvez les croire comme moi.

Me direz-vous que Dieu n'eût pu le faire ;
S'il l'eût voulu, — ce serait l'ordinaire,
   Et je dis plus : cela serait
Dorénavant, si Dieu le désirait.
Voyez Jupin ! un jour de sa cervelle
Naquit Minerve ; et Bacchus, dieu du vin,
D'une façon tout étrange et nouvelle
Sortit aussi du mollet de Jupin ;
Puis Castor et Pollux, joints d'amour fraternelle,
   D'un même œuf s'élancent soudain.
   Voyez enfin l'histoire naturelle
Du bon Plinus ; il écrit en latin ,
Et cependant, j'aime à le reconnaître,
   A bien mentir il est mon maître.

V.

Adolescence de Gargantua.

   On a gardé le souvenir,
   Ce qui n'est petit avantage,
Des faits du nouveau-né pendant le premier âge.
   A boire, à manger, à dormir,
   A manger, à dormir, à boire,
   A boire, à dormir, à manger
   Il passa le temps sans songer,
   Ainsi le constate l'histoire,

Avec quelque menu détail;
Mais, pour abréger ce travail,
Passons à d'autres faits plus dignes de mémoire.

VI.

Comment un débat survenu entre certains bergers et certains pâtissiers
amena de grosses guerres.

Le grand pays des Lanterniers
Au sol des Parpaillots confine,
Pichrocole, à l'humeur chagrine,
Etait le tyran des premiers,
Mais Grandgosier des autres fut le père.
Au temps de vendanger la terre,
Veillaient les bergers parpaillots,
De crainte que les oisilleaux
Des raisins ne fissent pâture.
Or arriva, par aventure,
Que des pâtissiers lanterniers,
Passant de Lanterne en Parpaille,
Allaient vendre leur victuaille
En une foire au pays des bergers.
Comme ils passaient, les bergers les requirent,
Et cela fort civilement,
De leur donner pour leur argent
De la galette. « Eh! répondirent
Les pâtissiers pleins de dédains,

Vous êtes de plaisants faquins !
Nous ne cuisons que pour la ville,
Gâteaux ne sont pour votre nez ! »
Les Parpaillots, quoique d'humeur tranquille,
N'aiment à se voir malmenés.
Aussi commence la bataille
Entre Marquet le pâtissier
Et le gros pastoureau Forgier ;
Marquet un coup de fouet lui baille,
Et Forgier crie : au meurtrier !
Or, sur la route, un métayer,
Avec ses gens, à coups de gaules,
Récoltait les noix d'un noyer ;
Marquet en eut sur les épaules ;
Marquet à son tour de crier.
Puis arrive maint pâtissier,
Qui tombe sur le métayer ;
Survient aussitôt maint berger,
Qui rosse aussi maint Lanternier ;
Enfin ceux-ci grâce demandent,
Auprès des bergers ils s'amendent,
Offrent galettes et tourteaux,
Et bergers de payer en deniers bons et beaux.

VII.

Comment Pichrocole entra en une grande colère et ce qui s'ensuivit.

Les pâtissiers, pleins de rancune,
Entrent au pays lanternois,
Et là, d'une voix importune,
A Pichrocole ils vont tous se plaindre à la fois :
Parpaillots par trahison noire,
Ainsi content-ils leur histoire,
Les auraient tous fort houspillés,
De leurs gâteaux les auraient dépouillés,
Et, qui pis est, ne les auraient payés.
Pichrocole, à la bile amère,
Et qui ne respirait que guerre,
A ces mots s'enflamme soudain;
Il fait battre le tambourin
Et sonner clairons et trompettes.
Bientôt on ne voit qu'escopettes,
Morions, brassarts, gorgerins,
Cuissarts, jambiers, écus, chanfreins;
Pichrocole fait feu et flamme,
Il fait sortir son oriflamme,
Fait chevaux caparaçonner
Et se fait servir à dîner.
Mais, pour avoir chance certaine,
Engoulevant le capitaine,

Afin de bien prendre le vent,
Fut d'abord envoyé devant.
Malgré toute sa diligence,
Il ne trouva partout que paix et que silence.
Auprès de Pichrocole il revint promptement,
Lui garantissant bonne chance.
Les voilà donc à travers champs,
Comme larrons, traîtres, méchants,
Détruisant les fruits de la terre,
Pillant, volant, menant grand'chère.
Les Parpaillots traités ainsi
Vainement demandaient merci,
Disant : « Pourquoi tout ce dommage?
De nous reçûtes-vous outrage?
Dieu punira vos cruautés!
— Mais, répondaient ces pillards entêtés,
Nous voulons, manants que vous êtes,
Vous apprendre à manger galettes. »
Enfin ces larrons larronnant,
Meurtrissant, pillant, détroussant,
A leur appétit ne trouvant
Rien ni trop chaud ni trop pesant,
Arrivèrent à Sévillée,
Par la peste alors travaillée.
Mais, voyez le cas merveilleux!
On voyait mourir en ces lieux,
Atteint du fléau redoutable,
L'homme dévoué, charitable.

Dieu frappait, quels sont ses desseins?
Le curé comme son vicaire,
Le médecin, l'apothicaire,
Et ces pillards, ces assassins
Sortirent de là saufs et sains!

VIII.

Comment un moine sauva le clos de l'abbaye.

Cependant cette horde impie
Se dirigea vers l'abbaye.
Les tondus, il faut l'avouer,
Ne savaient plus à quel saint se vouer.
En l'abbaye était, par aventures,
Certain frocart, dit Jean des Entomures,
Jeune, gaillard, adroit, des plus fringants,
Beau dépêcheur de nonnes et de messes,
Dans le cellier connu par ses prouesses,
Vrai moine enfin et clerc jusques aux dents.
Il avisa tout à coup, chose indigne!
Que l'ennemi pénétrait dans la vigne.
Le cœur saisi d'une sainte fureur :
« Quoi! ravager la vigne du Seigneur!
Mais c'est l'espoir de la prochaine année!
Sur cet enclos notre cave est fondée
(S'écria Jean de son verbe hautain);
Pendant ce temps vous chantez du latin!

5

Chantez plutôt, pendant que là vous êtes,
Adieu paniers, les vendanges sont faites. »
— Qui trouble ici le service divin?
Dit le prieur. — Le service du vin,
Répondit Jean, c'est celui-là qu'on trouble.
Je vous le dis, et certes n'y vois double,
Tous vos répons ne sont plus de saison,
Ecoutez donc la voix de la raison;
De saint Thomas Becket l'exemple vous conduise,
Mourez, s'il faut, pour les biens de l'Eglise! »
Il dit, et, tout soudain, par dessus son sayon,
Met son froc en écharpe, et prend pour l'action
Le bâton de la croix qu'à la grand'messe on porte,
Des moinillons entraîne la cohorte,
Et sur les ennemis il tombe brusquement.
Quelle panique on voit en un moment!
Tous ces beaux vendangeurs, qui tant se faisaient fête,
Battent lestement en retraite;
Mais, tout près de la brèche était
Le frère Jean des Entomures,
Faisant terribles entamures
A qui pour fuir se présentait.
Les moinillons qu'il excitait
A son exemple font merveille.
Cependant les vieux enfroqués,
Auprès de la brèche embusqués,
Avec charité non pareille,
Confessaient les pillards maudits,

Qu'ils envoyaient en paradis.
Ainsi fut attrapé le diable,
Qui comme à lui déjà les regardait.
Jamais l'ermite redoutable,
Qui de son bourdon s'escrimait,
Avec industrie admirable,
Contre le Sarrasin maudit,
N'avait causé dégât semblable
A celui que frère Jean fit.
Si chacun, du même courage,
Eût, à son exemple, fait rage,
Pichrocole n'eût pris d'assaut
Le château de Roche-Clermaut.

IX.

Comment Grandgosier fit difficulté d'entrer en guerre.

Assis près de sa cheminée,
Le vieux Grandgosier cependant,
Après son souper se chauffant,
Entouré de sa maisonnée,
De bons vieux contes redisait,
Puis ses charbons il attisait,
Et mainte châtaigne y cuisait,
S'escrimant de pinces et pelles,
Lorsque, tout à coup, un berger,
Envoyé comme messager,

Lui conte ces tristes nouvelles.
Le pauvre homme entendant cela,
Sa douleur ainsi s'exhala :
« Eveillé suis-je ou si je songe?
Quoi! ceci n'est point un mensonge?
Quoi! Pichrocole, un allié
Qui par tant de nœuds m'est lié,
Qui le pousse, qui le conseille?
Ah! Dieu, mon Seigneur, sur moi veille,
Et de toi sois-je abandonné,
Si j'ai fait le moindre dommage
A Pichrocole! Hélas! bien loin!....
Il m'a trouvé dans le besoin,
J'ai tout fait à son avantage.
Seigneur, tu connais mon courage,
Car rien ne peut t'être caché;
Si l'esprit malin l'a touché,
Que ta sagesse me l'envoie
Pour le remettre en bonne voie.
J'ai volonté de remplir ce devoir,
Donne-m'en, Seigneur, le pouvoir.
Hélas! hélas! de ma vieillesse
J'avais préparé le repos,
Et, comme au temps de ma jeunesse,
Il faut marcher, le harnais sur le dos;
Il faut armer ma main tremblante,
A l'ennemi renvoyer l'épouvante,
Me dévouer pour mes sujets chéris,

La justice le veut, l'ordonne !
Par leurs labeurs tous les miens sont nourris,
Tout ce que j'ai, mon peuple me le donne. »

X.

Comment fut reçu l'ambassadeur de Grandgosier.

Pourtant Grandgosier envoya
Un exprès à Gargantua
Vers Paris, pays de sapience,
Où son fils cherchait la science ;
Au plus vite il le rappelait.
En même temps, vers Pichrocole,
Afin de lui porter parole,
Il dépêcha maître Gallet,
Qui dans ces termes lui parlait :
« Sensibles à l'affront qui part de main amie,
On voit des gens de cœur renoncer à la vie,
Point ne serez surpris, donc, quand je vous dirai
Que mon maître a le cœur profondément navré.
Peut-il voir froidement votre hostile venue,
Contre les siens et lui cette attaque imprévue,
Sans raison, sans sujet, sans motif avoué,
Ce souverain mépris d'un voisin dévoué,
Cette désertion d'une vieille alliance,
Ces excès inhumains au milieu de la paix,
Ces champs incendiés, le sang de ses sujets

S'élevant contre vous et demandant vengeance?
Qu'y gagnez-vous? quelle est votre espérance?
Mon maître fut toujours votre unique allié,
Vous réduisez par là vos forces de moitié,
A l'ennemi commun vous rendez confiance.
Je ne vous parle pas de la crainte des dieux,
Mais cela ne doit être agréable à leurs yeux;
Il se peut que pourtant l'ordre des destinées
Veuille borner ici le cours de vos années
Ou de votre grandeur; — quand il en est ainsi,
   Notre raison s'égare et s'obscurcit,
   Et, malgré nous, nous pousse à la défaite;
S'il faut trop haut monté que vous tombiez du faîte,
Si vous devez périr, cherchez vos ennemis,
   Et laissez en paix vos amis!
Aurait-on contre vous péché par ignorance?
   Il fallait témoigner un peu de confiance,
Réclamer; nous eussions fait droit, sans plus tarder;
Ou, si l'on nous noircit par quelque calomnie,
Avant tout on devait au moins nous écouter,
Et non pas débuter par une félonie.
   Nous pense-t-on dominer par la peur!
Mais c'est nous croire à bout de ressource et de cœur.
Eh bien donc! que demain, lorsque sur cette terre
Le soleil de nouveau donnera sa lumière,
   Vos soldats quittent notre sol;
Vous payerez plus tard, pour dommage et pour dol,
Deux mille besants d'or, nous laissant en ôtage

Cinq nobles à choisir, gens de votre lignage.
J'ai dit. »

    Mais Pichrocole à son tour se levant :
« Venez les prendre alors, si vous pouvez pourtant. »
    Puis tourna le dos au bonhomme.
    Celui-ci revint et vit comme
    Pendant tout ce temps Grandgosier,
    A deux genoux, et tête nue,
    Tout en attendant sa venue,
    S'évertuait à bien prier
    Le Dieu du ciel et de la terre
    D'adoucir la grande colère
    De Pichrocole. — « Et n'allez point
    M'obliger vieux, la lance au poing,
    Seigneur, à courir de plus belle. » —
    Voyant Gallet : — « Quelle nouvelle,
    Et Pichrocole qu'a-t-il dit ?
    — Du Seigneur cet homme est maudit.
    Tout ce que je puis vous apprendre,
    C'est qu'à ces gens on a dû prendre
    Quelque galette, et ne vois pas
    Sujet à faire un tel fracas.
    — N'importe ! je crois nécessaire
    Qu'on m'instruise de cette affaire
    Qui nous cause tant de soucis. »
    Maître Gallet se mit en quête
    Et bientôt eut fait son enquête.
    Or il trouva qu'on avait pris

Quelques gâteaux de peu de prix ;
Que si Marquet sur les épaules
Avait reçu des coups de gaules,
Il avait frappé le premier ;
Puis qu'on n'avait pas sans payer,
Malgré ses dents, pris les galettes.
« Quoi ! c'est là tout ! Dépêchez, faites
Vos provisions de galettes,
Achetez-en tant qu'on en trouvera ;
A Marquet on les portera,
Et de plus on lui donnera
L'argent avec la marchandise ;
S'il n'est pas content qu'il le dise !
Qu'il demande ce qu'il voudra,
Car m'est avis que l'on doit faire
Tout ce qu'on peut plutôt que guerre. »

Gallet après se hasarda,
Vers Pichrocole il vint et le manda,
Mais il ne vit qu'un capitaine ;
Adonc le bonhomme lui dit :
« A vos marchands si l'on ravit
De galettes une douzaine,
En voilà, seigneur, cent fois plus,
Qui plus est, voici des écus ;
Et si Marquet désire quelque chose
Pour les coups, qu'il dise et propose,
Nous le ferons ; — la paix vaut bien l'argent

Qu'il faut pour rendre un pâtissier content. »
  Le capitaine à Pichrocole
  S'en alla rapporter le tout,
  Disant : « Ces rustres sont à bout,
  Pour Grandgosier c'est une école.
  La guerre, à lui n'est pas son fait,
  Il sait son verre vider net,
Mais voilà tout ! le pauvre buveur tremble.
  Eh quoi ! se moque-t-il d'offrir
  Des gâteaux pour nous attendrir ?
  Pour dupe on vous prend, ce me semble.
  A ces gens vous êtes trop doux,
  Aussi se moquent-ils de nous.
  Poignez vilain, il va vous oindre ;
  Oignez vilain, il va vous poindre !
  Que ferez-vous ? Il serait bien
  De leur prendre argent et galettes.
  — Que Gallet parte les mains nettes,
  Et dites-lui que je n'entends plus rien ! »
Ainsi fut fait. L'œil baissé vers la terre,
Gallet revint tristement au logis :
« Sire, dit-il, il faut faire la guerre,
  Nous n'aurons la paix qu'à ce prix ! »

XI.

Comment les conseillers de Pichrocole lui donnèrent de mauvais conseils.

Cependant Pichrocole assemble
Tous les membres de son conseil,
Qui d'abord se pressent ensemble
Autour d'un globe nonpareil.
« Sire, — lui dit un capitaine
Remarquable par sa bedaine, —
Depuis la mort du Macédonien
Qui tout ce monde avait fait sien,
Jamais on ne vit apparaître
Vainqueur si grand que devez être....
—Couvrez-vous donc!—Oh! nous n'en ferons rien!
—Je vous en prie ! — Oh ! nous savons trop bien
Notre devoir. — Faites donc à votre aise.
—Nous nous couvrons! Or, ne vous en déplaise,
Pour réussir, voici les moyens sûrs :
Vous laisserez garnison dans ces murs,
Après avoir fait un affreux carnage
Des Parpaillots, ces guerriers sans courage,
Que Grandgosier doit armer contre nous.
Ce roi vaincu, son argent est à vous;
C'est, vous savez, toujours de bonne prise;
Vous en aurez, car le vilain en a.
Je dis vilain, noble prince par là

Onc ne brilla. Le vilain thésaurise.
Un vaillant cœur rien que gloire ne prise.
Vous partagez après l'armée en deux ;
Vous en laissez une part en ces lieux,
Et vous menez l'autre part en Gascogne :
Sur votre route il n'est pas d'ennemis
Qui tout d'abord ne se trouvent soumis ;
On peut à vous se rendre sans vergogne !
Dans la Gallice et dans le Portugal
Vous trouverez des navires de guerre,
Car il en faut pour quitter cette terre,
Et pour franchir le passage fatal
Que l'on nomma les colonnes d'Hercule ;
Mais devant vous toute gloire s'annule,
Et désormais ce détroit se dira
Pichrocolin ; après quoi l'on ira
Voir Barberousse ; à vous il se rendra.
— Bien dit ; pourtant, à merci le prendrai-je ?
— Voire, pourvu qu'il se fasse chrétien ;
Pour se sauver il n'a que ce moyen.
Puis nous irons encore.... — Où donc irai-je ?
— En Italie (et je ris de bon cœur
En y pensant) ; le pape y meurt de peur.
Je veux pour moi n'être plus qu'un maroufle,
Si désormais je baise sa pantoufle.
Pour Malte nous partons ; je trouverais plaisant
Que l'on nous résistât ! — Oui, mais, chemin faisant,
J'irais volontiers voir la dame de Lorette.

— Point, c'est pour le retour, après notre conquête.
Il nous faut subjuguer la Grèce auparavant,
Puis delà nous allons trouver la Palestine.
Le Soudan contre nous ne peut rien, j'imagine ;
A nous Jérusalem ! — Ferai-je rebâtir
Le temple du Seigneur ? — Vous avez tout loisir.
Ne vous pressez pas tant ; il faut, en toute chose,
Se hâter lentement ; avant tout je propose
D'aller au moins jusqu'à l'Euphrate. — Allez !
Et Babylone ?... — Oh ! n'est-ce pas assez ?
N'avons-nous pas la Perse et les deux Arménies,
    L'Egypte et les deux Arabies ?
    — Y pensez-vous ? Dans ces brûlants déserts
    Que boirons-nous ? Quand Julien Auguste
    Les traversa, l'on dit que c'est bien juste
S'il en revint un seul. — Nous sommes gens experts,
Mille vaisseaux, chargés des meilleurs vins du monde,
    Nous ont porté dans ces pays divers
De quoi nous abreuver, de tout l'armée abonde.
—Bien ; mais dans ces climats comment boirons-nous frais ?
—Ah ! par la vertu Dieu ! l'empire de la terre
Ne s'acquiert pas sans peine, on boira frais après.
Louez plutôt le ciel, car, sans trop de misère,
Nous sommes arrivés, l'Euphrate est là tout près.
    — Mais que fait pourtant l'autre armée
    Qui dans Parpaille est demeurée ?
— Soyez tranquille, ils travaillent aussi.
Après avoir soumis ce pays-ci,

Ils ont passé le Rhin et conquis l'Allemagne,
Ils ont soumis l'Irlande et la Grande-Bretagne,
Tous les peuples du Nord, et puis redescendus
Jusqu'à Constantinople, en vainqueurs sont venus.
Allons les y trouver, et nous ferons main basse
Sur tous ces Turcs maudits, là finit notre chasse,
   Et vous donnez, après tant de labeurs,
Les biens des mécréants à tous vos serviteurs.
— J'y consens; et pour vous sera la Bulgarie,
A vous l'Egypte, à vous je donne la Syrie.
—Ah! grand merci, seigneur, le bien qui vient de vous
Nous est doublement cher, nous sommes comblés tous.
Prospérité! bonheur au seigneur Pichrocole! »
   Parmi ces gens un seul point ne parlait,
   Depuis longtemps plus n'allait à l'école
Et connaissait la guerre; or, prenant la parole:
« Tout cela c'est pour moi conte du pot-au-lait,
Dit-il; certain croquant, suivant sa rêverie,
   Se bâtissait avenir fortuné
Sur la vente du pot; il connut sa folie,
   Le pot casse, adieu son dîné.
Et puis qu'espérez-vous de toutes ces conquêtes?
Que ferez-vous après? — Nous nous réjouirons.
—Oui, si vous revenez. —Eh quoi! nous resterons
Auprès du feu pour conter des sornettes!
Qui n'aventure rien, n'a mule ni cheval.
— On perd cheval et mule en s'aventurant mal.
N'avez-vous pas du bien? usez-en tout de suite,

Sans faire au bien d'autrui si lointaine poursuite,
Au risque d'y laisser la peau ; restez ici.
— Non, non, car il me faut l'univers à merci ;
Le sort en est jeté, marchons quoi qu'il arrive.
Arrière les poltrons ! et qui m'aime me suive !!

XII.

Comment Gargantua se prépare à faire la guerre.

Pendant ce temps Gargantua
Pour arriver s'évertua,
Puis, arrivé, se mit à table,
Et, d'une façon respectable,
Préalablement il soupa,
Et son père lui raconta
Comment, par quelles aventures
On avait envahi l'Etat,
Et puis, en venant au combat
De frère Jean des Entomures,
Comment l'abbaye il sauva.
Le fils en entendant cela,
Aussitôt demande le frère,
Contre le sien voulant choquer son verre.
Incontinent on l'amena.
« Çà, frère Jean, à table ! à table !
Et prenez place auprès de nous,
Mais jetez votre froc au diable.

— Excusez-moi, mais, voyez-vous,
Mon ordre le défend. — Qu'importe !
Etre affublé de cette sorte
Vous fatigue. — Pardonnez-moi,
Et, par le ciel ! bien mieux j'en boi ;
Sans mon froc je fais triste chère,
Mais quand je reprends cet habit,
Je sens doubler mon appétit,
Et je me crois prêt à tout faire,
A boire à vous comme à votre cheval,
A chacun, puis à tous ! — O pouvoir monacal !
Par ma foi je n'aurais pu croire,
S'écria mons Epistémon,
Entre le fromage et la poire,
Que tu serais un vrai luron
Comme tu l'es... et je m'étonne
Qu'en compagnie honnête et bonne
Moine ne soit admis. — C'est qu'il n'est bon à rien,
Dit Ponocrate, au moins Jean boit sec et boit bien ;
Puisqu'il sait défendre la vigne,
D'en boire le jus il est digne,
C'est en tout un bon compagnon ;
Mais pourquoi donc a-t-il le nez si long ?
— C'est, quand des nez se fit la foire,
Qu'il s'y rendit des premiers ; à loisir
Il put dans les plus beaux choisir.
— Point du tout, c'est une autre histoire,
Dit frère Jean : Tétin mollet,

Tout enfant, me donna son lait ;
Mon nez s'y nichait à son aise,
Ainsi qu'en beurre de Falaise.
Comme la pâte qui se fait,
Il croissait, s'enflait, s'élevait ;
C'est pourquoi, vous pouvez me croire,
Le téton dur, non le hasard,
Donne toujours enfant camard.
Et gai ! gai ! qu'on me verse à boire ! »

XIII.

Comment dormit Gargantua.

Après souper, de la guerre on parla,
Et l'on convint que, pour cette nuit-là,
On dormirait ; mais qu'avant les matines,
Pour pratiquer surprises clandestines,
Sur l'ennemi, sans bruit, on marcherait.
On se coucha, mais en vain s'étirait
Gargantua, sans fermer la paupière ;
Dans tous les sens, en vain il se virait.
Le moine alors : « Faisons quelque prière,
Dit-il, cela provoque à bien dormir.
Si mieux n'aimez un beau sermon ouïr,
C'est bon encor : jamais plus à mon aise
Je ne dormis qu'au prône, sur ma chaise.
Disons un peu les sept psaumes, pour voir.

—J'en suis d'avis. « Un psaume ils commencèrent ;
Mais aussitôt leurs deux yeux se fermèrent,
Et vous pouvez en faire autant. Bonsoir !

XIV.

Comment le moine pendit à un arbre.

Vous comprenez qu'à l'heure des matines
Le moine fut éveillé des premiers ;
Il parcourut les salons, les cuisines,
Et fut partout de la cave aux greniers,
Disant : « Debout, et commençons par boire !
— Y pensez-vous ? Sitôt après dormir
Boire n'est bon, si nous devons en croire
Les médecins. Il vaut mieux s'abstenir.
— Les médecins, que le diable m'emporte
Si mieux qu'eux tous frère Jean ne se porte !
J'ai parfois vu quelque vieux médecin,
Et toujours vu beaucoup de vieux ivrognes.
Voyez ! santé brille en leurs rouges trognes.
Buvons toujours, il n'est rien de plus sain.
— Çà, frère Jean, c'est pour vous cette masse,
Quittez le froc. — Il me sert de cuirasse.
— Allons, allons, endossez ce haubert,
Vite à cheval ! partons, la nuit nous sert. »
En chevauchant, excitait leur courage
Le frère Jean, disant : « A faire rage

Sur l'ennemi je veux m'évertuer;
De leurs efforts contre nous qu'on se rie.
Je ne crains rien, rien, sauf l'artillerie;
Mais l'on m'a dit qu'elle ne peut tuer
Ceux qui sauront l'oraison fortunée
Qu'à l'abbaye un moine m'a donnée,
Mais c'est meilleur pour tout autre que moi,
Car, entre nous, je m'y sens peu de foi.
    Çà, parmi vous, de couardise
    Si quelqu'un se sentait frappé,
    Que tout aussitôt il le dise,
    Et, dans mon froc enveloppé,
    Il sera plein de vaillantise :
    C'est la vertu de cet habit,
    Le sieur de Mauvres me l'a dit;
    Il avait, pour suivre la chasse,
    Un chien d'une assez pauvre race :
    Il n'attrapait aucun butin;
    Or on s'avisa de lui mettre
    Un froc au col, et le mâtin
    En chasse devint passé maître.
    Lièvres, perdrix, rien n'échappait;
    Ce qu'il trouvait, il le happait.
De plus, vaillant en amour comme en guerre,
    De sa race il peupla la terre. »
En achevant ces mots, Jean, plein d'ardeur,
    Pique des deux; — mais, par malheur,
Etourdiment sous un noyer il passe,

Dans les rameaux son heaume s'embarrasse,
Le cheval file et le frère éperdu
Quitte la selle et reste suspendu.
Puis de crier : « Au meurtre ! à l'aide ! à l'aide ! »
Ses compagnons s'empressent d'accourir,
Croyant déjà son malheur sans remède ;
Mais leur gaîté ne se put contenir
Quand de son mal on connut la nature.
« C'est Absalon, mais moins la chevelure,
Dit Ponocrate, autour de lui tournant,
Ce sont pourtant infortunes pareilles,
Et, si porter longs cheveux est gênant,
Pas moins ne l'est d'avoir longues oreilles. »
Jean (vous pouvez l'assurer sans mentir)
A ces propos prenait peu de plaisir.
« Eh ! de par Dieu ! dit-il, ou par le diable !
Détachez-moi, vous gausserez à table.
— Ah ! frère Jean, te voilà bien ainsi :
    Pourquoi veux-tu qu'on te défasse ?
Jamais pendu n'eut aussi bonne grâce !
Ah ! comme toi je voudrais pendre aussi,
Si je faisais aussi bien à ta place.
— Bien, dit le moine, et moi je jure ici
Par mon salut, par l'habit que je porte.... »
Mais par bonheur Jean ne put achever,
Et bien à temps ; son poids de telle sorte
    Chargeait le rameau de noyer,
Qu'il se cassa, ne pouvant plus ployer ;

Mais aussitôt qu'il eut touché la terre,
Jean, de colère, aussi rouge qu'un coq,
Au loin jeta tout son harnais de guerre,
Et ressaisit son bâton et son froc.

XV.

Comment ceux qui voulaient surprendre furent surpris.

Ne sais comment la chose fut connue,
Mais Pichrocole eut vent de leur venue,
Et rassembla son conseil aussitôt;
On assura qu'à la raison bientôt
Il les mettrait, quand la race cornue
S'en mêlerait. — Pichrocole écoutait
Ces beaux discours, — mais pas trop n'y comptait.
Il choisit donc un régiment d'élite,
Bien au complet, aspergé d'eau bénite
Et bien armé, doublement affermi
Contre le diable et contre l'ennemi.
En général expert et rempli de prudence,
Gargantua, pour plus de vigilance,
Avait choisi deux zélés serviteurs,
Qui devant l'ost marchaient en éclaireurs,
Et se tenaient soigneusement à l'ombre.
Des ennemis ayant connu le nombre,
L'un des deux va trouver Gargantua:

« Les ennemis ! les voilà ! les voilà !
Ils sont dix fois plus nombreux que les nôtres.
— Que ferons-nous ? faut-il les aborder ?
— Que faire ? dit, répondant pour les autres,
Le frère Jean, peut-on le demander ?
Quoi ! par le nombre estime-t-on les hommes ?
Nous sommes plus, si plus vaillants nous sommes,
Et pour l'attaque on doit se décider.
En avant donc ! » Pas n'est besoin de dire
Ce qu'il advint des Lanterniers surpris :
Ils s'enfuyaient en poussant de grands cris ;
Facilement on eût pu les détruire
S'ils n'eussent fui si fort. Jean, plein d'ardeur,
Partout poussait sa pointe et jetait la terreur ;
Nul ne songeait à regarder derrière,
Mais tous fuyaient l'atteinte meurtrière.
Pourtant un Lanternier, nommé Touquedillon,
Pensa qu'il est honteux de fuir comme un poltron.
Ce capitaine avait quelque courage,
Et, par ses gens dans la fuite entraîné,
Il maudissait le jour qu'il était né.
Le cœur plein de honte et de rage,
Il se retourne : « O ciel ! un tonsuré
Ayant en main un bâton déferré,
De ses talons activant sa monture,
Un moine seul, sans casque, sans armure,
Sans autre bouclier que son froc et sa peau,
Nous chasse donc ainsi qu'un vil troupeau ! »

Chaque soldat, tournant alors la tête,
Voit Jean tout seul. — La cohorte s'arrête
Et contre Jean se retourne aussitôt.
Il veut en vain faire tête à l'assaut.
Percé de coups, son palefroi succombe,
Jean sur le sol avec son cheval tombe;
On le désarme; entre deux cavaliers
Aux derniers rangs avec les prisonniers
Il est placé. Retrouvant leur courage,
Les Lanterniers ne rêvent que carnage,
Pensant qu'aussi fuyait leur ennemi,
Par la frayeur vaincu plus qu'à demi.
Ils partent pleins d'une ardeur généreuse.
De frère Jean l'escorte peu nombreuse
Est distancée. — En homme intelligent,
   Et diligent,
  Comme un sabre, par aventures,
  Au milieu de débris d'armures,
  Sur le chemin avait glissé;
Il le ramasse, et, sur ses pieds dressé,
Le fer en main, il tombe sur l'escorte,
Il frappe à gauche, à droite, — et fait ensorte
Qu'en un clin d'œil ses gardes sont à bas,
Tous, fors un seul; celui-là sans combats
Tombe à genoux; — le pauvre misérable
Criait ainsi, le cœur rempli d'émoi:
« Ah! je me donne à vous, épargnez-moi.
— Bon, lui dit Jean, moi je te donne au diable. »

Ainsi fit-il ; puis, avisant
Des pélerins que l'ost, chemin faisant,
Avait happés, et mis de compagnie
Tous enchaînés, se réservant le soin,
Comme espions, de les pendre plus loin,
Le moine en hâte les délie,
Puis leur donnant les armes, les chevaux
De feu leurs gardiens qui gisaient sur le dos,
Sur l'ennemi les mène avec furie ;
Mais l'ennemi n'en pouvait plus déjà,
Car il avait trouvé Gargantua,
Et ce lui fut une triste aventure.
Il en fit lors grande déconfiture ;
Ils s'enfuyaient grandement effrayés,
Et c'est ainsi qu'au temps chaud vous voyez,
Persécuté par un taon junonique,
Courant de çà, de là, par le chemin,
Jetant sa charge, ou bien rompant son frein,
Sire baudet, — et la pauvre bourrique,
Sans respirer, sans prendre du repos,
Fuit, et pourtant on ne sait qui la presse.
On ne voit rien. — Tels, craignant pour leurs os,
Les lanterniers couraient avec vitesse ;
Mais ils tombaient de la fièvre en chaud mal,
Car frère Jean, vers qui le sort fatal
Les ramenait, en abattait sans cesse.
Il s'échappa, sans plus, un cavalier
Pour témoigner de leur triste défaite,

Touquedillon demeura prisonnier,
Et la victoire en tout point fut complète.

XVI.

Comment fut traité Touquedillon.

Dieu sait l'accueil qu'à frère Jean on fit!
D'abord à table avec joie on se mit,
Le verre en main célébrant la victoire.
Mais cependant le père Grandgosier
Des pélerins voulut savoir l'histoire.
L'un d'eux lui dit : « On me fit prisonnier
En même temps que mes autres confrères,
Comme j'allais adresser mes prières,
Ainsi qu'eux tous, au grand saint Sébastien,
A celui-là qui vers Nantes demeure.
Dans mon pays la peste est à cette heure,
Et nous venions, avec un cœur chrétien,
Le supplier de finir notre peine;
Mais, un peu plus, c'en était fait de nous,
Sans frère Jean mis à la même chaîne,
Comme espions nous étions pendus tous.
— Mais pensez-vous, pauvres gens que vous êtes,
Que vous devez la peste à ce saint Sébastien?
Quel fou vous a conté de semblables sornettes?
— Notre curé nous l'affirme. — Fort bien,
Saint Sébastien est donc pareil au diable,

S'il est ainsi ! — Quoi ! n'est-il véritable
Que saint Antoine, lui, nous brûle de ses feux,
   Que saint Eutrope a fait des hydropiques,
   Que saint Genou peut faire des goutteux,
   Et saint Gildas des fous ; les hérétiques
Ont pu nier cela, mais... — Mais les imposteurs,
   Qui vont prêchant chez vous choses pareilles,
   Mériteraient d'avoir sur les oreilles :
L'hérésie est cachée en leurs propos menteurs,
   Et ce ne sont que des contes infames,
La peste est à nos corps ce qu'ils sont à nos âmes ! »
   Jean, qui voyait Grandgosier s'échauffant,
     Vers un pélerin se tournant :
   « De quel pays, dit-il, êtes-vous mon enfant ?
   — De Saint-Genou ! — Comment se porte
L'abbé Tranche-Lion ? — Il boit de bonne sorte,
Et ses moines aussi vivent très-grassement.
— Eh bien ! je crains, pendant votre voyage,
Qu'ils ne vaquent pour vous au soin du mariage.
— Oh ! nenni da ! je ne crains rien pour moi
   Ma femme est laide et n'est de bon emploi.
— Ne vous y fiez pas, Proserpine elle-même
   Y passerait, ils ne rebutent rien,
   De toute chose ils s'arrangent fort bien.
   Bon ouvrier, par savant stratagème,
     Peut également tout ouvrer.
Soyez-en sûrs, vous absents, les bons pères
A leur façon ensemencent vos terres,

4

Et de cela point ne faut s'étonner,
Car vous savez ce qu'on dit par le monde,
　Seulement l'ombre du clocher
　D'une abbatiale est féconde. »
A ce discours du frère officieux,
Moitié plaisant et moitié sérieux,
　Les pélerins baissent la tète,
　Plus n'avaient le cœur à la fête.
　Grandgosier les voyant contrits,
　Leur dit : « Rentrez dans vos familles,
　Elevez vos fils et vos filles,
　Ne quittez plus votre pays,
　Votre foyer, votre patrie;
Renoncez à mener errante et sotte vie,
Et méprisez surtout de perfides avis,
Qui, sans utilité pour vous et pour les vôtres,
　Vous livrent en risée aux autres.
　Reprenez chacun vos travaux,
　Et ressouvenez-vous qu'en somme
Les devoirs du chrétien sont ceux de l'honnête homme.
　Dieu vous gardera de tous maux,
　Et vous donnera bonne chance;
　En attendant, faites bombance ! »
Les pauvres gens tout attendris pleuraient,
　Tant de bon sens ils admiraient:
« L'heureux pays où règnent de tels princes!
Jamais ne fut prêché dans nos provinces
Pareil sermon; il nous en dit plus là

Que le curé. — C'est, dit Gargantua,   .   .
Ce qu'écrivait Platon, le divin maître :
  Quand princes philosopheront,
  Quand philosophes régneront,
  Heureux ceux qui viendront à naître. »

  Touquedillon, le prisonnier,
  Cependant devant Grandgosier
  Fut amené, libre de chaînes,
  Grandgosier étant trop humain
  Pour vouloir aggraver ses peines.
  Bien plus, il le prit par la main,
  Le fit asseoir près de sa chaise,
  Le plaignit et le consola ;
  Enfin l'ayant mis à son aise,
  En ces termes il lui parla :
« Vous le savez, j'aime peu la bataille,
Et j'aime mieux la paix, vaille que vaille !
Je n'ai jamais attaqué mon prochain
  Pour m'enrichir de sa dépouille,
  Ce n'est pas moi qui cherche pouille,
C'est votre roi, — Dieu sait dans quel dessein !
Qui, sans vouloir de ma part rien entendre,
M'a contre lui forcé de me défendre.
Mais que veut-il, que prétend-il enfin ?...
— Je puis sans trahison vous dire à quelle fin
  Il tend, seigneur ; — hautement il l'avoue,
  A conquérir ce royaume il se voue,

Mais à cela point ne veut s'arrêter,
C'est l'univers qu'il espère dompter.
— D'un grand souci je crois qu'il s'embarrasse,
   Dit Grandgosier : qui trop embrasse
Mal étreint; puis il est fort peu chrétien
D'envier le prochain, de convoiter son bien.
Le temps n'est plus de faire l'Alexandre,
Et ce n'est pas l'exemple qu'il faut prendre !
Ce qui semblait des prouesses chez lui,
Serait nommé brigandage aujourd'hui.
D'autres devoirs sont dévolus aux princes :
Civiliser, régir et garder leurs provinces,
   Voilà leur lot, et non de s'en aller
   Vilainement voler, tuer, brûler.
Mal en prendra, je crois, à votre maître
De convoiter ainsi le bien d'autrui;
Il peut par là perdre son bien à lui,
   Au lieu d'augmenter son bien-être.
Souvent aussi de perfides conseils
Vers leur malheur entraînent ses pareils,
Et par l'ambition de quelques gens d'épée,
De flots de sang la terre est bien souvent trempée.
   Il vous faut faire, en loyal serviteur,
   A votre roi remontrer son erreur.
   Je vous remets votre rançon entière,
   Votre cheval et vos armes de guerre,
Car nous devons nous traiter en amis,
En bons voisins, et point en ennemis. »

Touquedillon de tant de courtoisie
Parut touché : — « Je jure, sur ma vie,
Dit-il, que pour la paix de mon mieux je ferai ;
Je vous rendrai content, ou bien je ne pourrai.

XVII.

Mort de Touquedillon.

Touquedillon alla vers Pichrocole,
Et lui conta tout ce qu'il avait vu,
Lui conseillant, avec ferme parole,
De s'arranger : — « Car, tout bien reconnu,
A Grandgosîer qu'est-ce que l'on reproche ?
Quand il faisait tout pour nous contenter,
Vous n'avez fait rien que le molester,
Et sans raison ; de nous le voilà proche,
Prêt à s'offrir à nous comme un ami
Prêt à combattre en loyal ennemi ;
Ne croyez pas qu'il soit si méprisable ;
Je crains plutôt qu'une fin misérable
Ne nous attende ici ; mais, par malheur,
Nous aurions tout perdu, — même l'honneur !
— L'honneur ! s'écrie, en proie à la colère,
Sire Ativeau le mauvais conseiller ;
L'honneur, vraiment est-ce à toi d'en parler ?
L'honneur pour toi ce n'est pas une affaire.
A l'ennemi lorsque tu t'es rendu

Si lâchement, alors tu l'as perdu ;
Tu l'as perdu, quand, pressé de te vendre,
De l'ennemi tu fus prendre conseils.
Bien malheureux un roi quand tes pareils
Dans le sénat peuvent se faire entendre !
Et pour cela te voilà revenu !
Si l'ennemi ne t'a point retenu,
Si tu n'as pas pour lui porté les armes
Contre nos gens, c'est qu'il n'a pas voulu.
Pareil secours ne se prend sans alarmes,
Les traîtres sont d'un emploi périlleux,
Chez l'adversaire ils nous servent bien mieux
Que dans nos rangs, car chacun les méprise
Et ne veut pas avec eux de hantise. »
Touquedillon, d'abord pâle et tremblant,
Restait muet sous cet affront sanglant.
Mais tout à coup saisissant son épée,
Sur Ativeau fondant comme un éclair,
Le frappe au cœur, et retirant le fer,
S'écrie avec une voix irritée :
« Meurent ainsi les calomniateurs
Qui noirciront de loyaux serviteurs ! »
Mais ne jouit longtemps de sa vengeance
Touquedillon, — car le roi, furieux,
Le fit soudain massacrer sous ses yeux,
Et de la paix périt toute espérance.
Mais les sujets du bon roi Grandgosier
Vinrent, offrant à lui pour le défendre

Argent et cœur, sans se faire prier;
Mais ce bon roi refusa de tout prendre,
   Ne voulant abuser de rien,
Ni déranger autant de gens de bien.

XVIII.

Comment fut défait Picbrocole.

Grandgosier eut bientôt une armée assez belle;
   Gargantua, mis en tête d'icelle,
A l'ennemi la conduit aussitôt:
Or vous savez que, sans déclarer guerre,
Le Pichrocole a pris Roche-Clermaut,
Dont il avait renforcé le château.
En arrivant, le conseil délibère.
Gymnaste dit : « Pour moi, ce que je sais,
C'est que jamais tant ne vaut le Français
Que dans son neuf, et pire que le diable
Il est d'abord, mais on doit profiter
Du premier feu, sinon il faut compter
Qu'on n'aura plus qu'un soldat détestable.
Diable il était et femme il deviendra.
Si m'en croyez assaut l'on donnera
Incontinent. » — L'avis fut trouvé sage;
La lune alors se montrait sans nuage,
Et l'ennemi, pour prévenir l'assaut,
Sort tout à coup de la Roche-Clermaut,

Menant grand bruit, sonnant de la trompette.
Gargantua feint de battre en retraite,
Et loin des murs attire l'agresseur,
Se repliant sur son artillerie,
Qui donne en plein sur la troupe ennemie,
Y répandant la mort et la terreur.
L'ennemi fuit, mais l'issue est fermée.
Gymnaste, avec le reste de l'armée,
Devers Clermaut empêche le retour;
Sur les fuyards il vient fondre à son tour.
Pendant ce temps, loin du champ de bataille,
Et se glissant le long de la muraille,
Le frère Jean, silencieusement,
Prend à revers la ville délaissée.
D'autre côté la troupe en ce moment
Courait garder la porte menacée.
Soudain on entendit un cri retentissant.
Devant les siens, courant l'air menaçant,
Le frère Jean beuglait : « Victoire! à nous la ville! »
La faible garnison croit la lutte inutile,
Elle se rend et le moine vainqueur
Ouvre la porte aux siens, et de grand cœur.

XIX.

Comment on n'entendit plus parler de Pichrocole. — Discours de
Gargantua.

Mais, cependant, navré de sa défaite,
Pichrocolin s'éloignait sans trompette
Et des talons activait son cheval,
Tant et si bien que le pauvre animal
N'en pouvant plus, se renverse par terre.
Le cavalier, transporté de colère,
L'éventre, et puis, comme un âne passait,
Monte dessus; en vain il le pressait,
Quand le meunier au secours de sa bête
Bien à propos arrive, — et sur la tête
Et sur le dos, à grands coups de bâton,
A Pichrocole il fait changer de ton,
Et l'appelant voleur, le déshabille,
Ne lui laissant qu'une sale guenille
Pour se vêtir ; aussi ne fut-il reconnu.
On ignore depuis ce qu'il est devenu.

Le lendemain le conseil se rassemble
Pour prendre avis. Suivant que bon leur semble
Les uns voudraient confisquer les États
Du roi vaincu, d'autres, d'avis contraire,
Laissaient le roi, mais non pas les ducats,

Et demandaient qu'on prît le numéraire,
Qu'on employât une part de l'argent
Pour élever un vaste monument
Qui témoignât un jour de notre gloire,
Et de nos rois consacrât la mémoire.
Gargantua prit la parole ainsi :
« Tous nos aïeux aimaient la gloire aussi,
Mais j'ai toujours, en lisant leur histoire,
Bien remarqué qu'après une victoire,
Ils prisaient moins ces simulacres vains
Qu'admirent tant les vulgaires humains,
Qu'une action généreuse, honorable.
Ils aimaient mieux graver, par des bienfaits,
Leur souvenir au cœur de leurs sujets,
Que le graver sur l'airain périssable,
Ou sur la pierre, ou le marbre, ou le sable;
Car c'est tout un, — c'est l'affaire des ans.
Mais ce qui reste en mémoire des gens,
C'est aux vaincus de montrer sa clémence,
Dans le succès d'oublier la vengeance.
Jules César, glorieux dictateur,
De pardonner se faisait un bonheur.
Appréciant du sort la faveur opportune,
Le sage Cicéron estimait sa fortune,
Qui lui donnait de pardonner pouvoir,
Et sa vertu qui lui donnait vouloir.
Mais point ne faut être trop débonnaire,
Soyons payés des dépenses de guerre,

Puis les vaincus à leurs frais construiront
De sûrs remparts qui nous garantiront.
Quand ils verront qu'on veut justice entière
Et rien de plus, les vaincus deviendront
De bons amis, et tels ils resteront. »
   Ayant ainsi mis fin à l'aventure,
Gargantua fit panser les blessés
Et fit donner aux morts la sépulture.
Sauf les soldats qui s'étaient surpassés,
Il renvoya le reste de la troupe.
Puis, au sortir d'un splendide banquet,
Où, croyez-moi, le bon vin ne manquait,
Chaque buveur put emporter sa coupe,
Et coupe d'or ou d'argent pour le moins.
De ses amis connaissant les besoins,
Il leur donna châteaux et forteresses,
Chacun enfin eut part à ses largesses.

XX.

Comment fut fondée l'abbaye de Thélème.

Restait le moine à pourvoir seulement.
Gargantua s'en vint joyensement
Lui proposer une riche abbaye ;
Mais le frocart dit : « Je vous remercie,
Je ne veux pas des moines gouverner,
Ce ne sont gens faciles à mener,

J'ai bien assez de veiller sur moi-même ;
Ce n'est mon fait de prêcher le carême,
J'aime trop boire et ne sais pas jeuner.
Je suis touché de votre bienveillance,
Et, puisqu'en moi vous avez confiance,
Octroyez-moi, pour toute récompense,
De fonder un couvent comme je l'entendrai. »
Gargantua trouva le projet à son gré.
Il est un beau pays sur les bords de la Loire,
Thélème en est le nom, si j'ai bonne mémoire,
Site charmant, que dore un blond soleil ;
Là s'éleva ce couvent non pareil.
Jean et Gargantua firent, de compagnie,
Le règlement de l'abbaye :
On décida, tout d'une voix,
Qu'on ne fermerait point le clos du monastère,
Que chacun pourrait à son choix
Rester ou s'en aller, suivant son caractère.
On n'y verrait horloge ni cadran,
Comme dans les autres demeures ;
Le temps passe vite en buvant,
On le perd à compter les heures.
« Réglons-nous sur l'événement,
Quand le moment d'agir est proche,
Car, après tout, le jugement
Nous guide mieux que le son d'une cloche.
Dans ce couvent point de reclus !
Les moines et les religieuses

En sont formellement exclus ;
   On n'y reçoit que femmes gracieuses,
Hommes bien faits et beaux, vaillants, pleins de bonté.
    Arrière le vice éhonté !
Arrière la laideur ! goîtres, bosses, verrues,
   Vous n'êtes point faits pour l'amour ;
   N'approchez pas de ce riant séjour !
Dans les autres couvents, follement on s'engage
    A vivre chaste, pauvre et sage.
    Vertueux sans austérité,
   Nous honorons ici le mariage,
Et nous voulons pour tous richesse et liberté. »

XXI.

Description de l'abbaye.

Vous connaissez Chambord, Amboise,
    Séjour, des royales grandeurs,
Où tous les arts étalent leurs splendeurs ;
Eh bien, de loin les distance et les toise
Notre abbaye ; on la fit sur le plan
D'un hexagone ; à chaque angle saillant
Pose une tour, géante sentinelle,
Au nord la Loire, et lente et solennelle,
Coule à pleins bords, et de ses flots pressés
Complaisamment vient remplir nos fossés.

5

A chaque tour on voyait maint étage,
A chaque étage aussi mainte cellule était ;
　Chacune d'elle enfin communiquait
　Au salon disposé pour le commun usage.
A qui mieux mieux, c'est là qu'on venait deviser,
　Chanter, banqueter et danser.
Nos cellules avaient juste le nécessaire :
　C'était d'abord un cabinet,
Une chambre à coucher, et puis, pour la prière,
　Un oratoire ; on y joignait
　Une antichambre aussi, pas davantage !
　　Puis, à la fenêtre un balcon
　Pour prendre l'air. — De la bonne façon
　C'était meublé, mais sans trop d'étalage ; ?
Les murs étaient couverts de beaux tapis d'Arras,
　Et les planchers de tapis de Turquie ;
　　Dans de grands miroirs d'Italie
　　On se voyait de haut en bas.
Jamais les cavaliers ne venaient chez les dames
Sans préalablement être bien parfumés,
　　Bien testonnés, bien costumés.
　　Les statuts ordonnaient aux femmes
De s'habiller comme elles l'entendraient.
　　Toutes cependant préféraient
Porter l'hiver costume à la française,
　Costume espagnol au printemps,
　L'été, robe à la milanaise ;
　Et les hommes, en même temps,

Comme elles changeaient de parure,
Et se réglant sur leur allure,
Avec elles sympathisaient,
Et suivant leurs ordres faisaient.
Toutes nos tours étaient unies
Par de nombreuses galeries.
Là, des héros les plus fameux
On avait retracé l'image
Et les exploits, afin qu'aux arrière-neveux
La mémoire en vînt d'âge en âge.
On avait, c'est riche trésor!
Bibliothèque bien choisie,
Et cette inscription brillait en lettre d'or
Sur la porte de l'abbaye :

Ici n'entrez, hypocrites bigots,
Vieux matagots, plus cagots que les Goths ;
Ici n'entrez, mangeurs de populaire,
Clercs, basochiens, machefaim, praticiens,
Officiaux, scribes et pharisiens.
Votre salaire est au patibulaire,
Allez-y braire ! !

On admirait dans ce séjour
Une fontaine de Jouvence.
Elle représentait l'amour
Dans une corne d'abondance,

Les grâces dansaient tout autour.
C'étaient, disait-on, trois merveilles,
L'eau s'échappait de leurs seins boutonnés,
Jets d'eau partaient de leurs oreilles,
Des yeux, de la bouche, du nez,
Des... enfin de toute ouverture
Dont nous dota, sans doute pour le mieux,
En nous formant dame nature.
Hors du couvent et dans de beaux jardins,
Que côtoyait le fleuve de la Loire,
On construisit de magnifiques bains,
Puis un théâtre, œuvre très-méritoire.
D'autre côté, l'on fit aux cavaliers,
Au milieu des riants vergers,
Un magnifique jeu de paume,
Et puis encore un hippodrome.
Derrière l'abbaye enfin
On voyait un beau parc et des forêts sans fin :
C'est là qu'était la vénerie,
Ainsi que la fauconnerie,
Et l'écurie.
Entre le parc et les forêts,
L'on voyait une longue et belle maisonnée
D'artisans, d'ouvriers, de marchands toujours prêts
A faire gain sur la denrée.
La vie ainsi fut ordonnée :
On se levait à son loisir,
Puis, durant toute la journée,

On pouvait travailler, manger, boire ou dormir,
Selon qu'en venait le désir;
Car, pour statuts et règle et clause,
On disait tout d'abord au nouvel arrivé :
Fais ce que tu voudras, et non pas autre chose !
Et, de fait, c'était bien trouvé,
Car tout homme bien élevé
N'ira jamais se mettre en tête
Action qui soit déshonnête.
Pour ma part, je ne connais rien
Qui nous éloigne plus du bien
Que la contrainte et la menace.
Ainsi chacun faisait à son plaisir;
Le plus souvent de bonne grâce
De ses amis on suivait le désir.
Si l'un disait : Il faut chasser la bête noire.
Les autres répondaient : partons !
Et si l'autre disait : Amis, voulez-vous boire?
Les autres s'écriaient : buvons !
Aussi, jamais, dans nulle histoire,
Vit-on cavaliers plus galants,
Plus aimables et plus fringants !
Dames jamais plus doctes, plus mignonnes,
Ni moins facheuses, ni si bonnes!
Et quand Thélème l'on quittait,
Par circonstance inopportune,
Chacun emmenait sa chacune,
Et tôt après il l'épousait,

Et cet amour, né dans notre abbaye,
Malgré l'hymen,
Ne finissait qu'avec la vie.
Amen!

FIN DU PREMIER LIVRE.

LIVRE DEUXIÈME.

Panurge et Pantagruel.

PROLOGUE.

Gargantua, digne fils de son père,
Eut à son tour un fils digne de lui,
Pantagruel est le nom d'icelui,
Et sa vertu fut en tout singulière.
Mais ce qui fit sa gloire et son bonheur,
Ce fut d'avoir, comme sien serviteur,
Le grand Panurge ; et je vous dirai comme
Il rencontra certain jour ce grand homme,
Comment il l'eut en vive affection,
Et le reçut à sa dévotion.
Mais, rendons grâce aux lecteurs bénévoles
Qui, n'ayant vu jamais Gargantua,
Ont bien voulu me croire sur paroles,
Et, si j'écris, c'est surtout pour ceux-là.
   Qu'ils gravent bien dans leur mémoire
Cette admirable et véridique histoire,
   Quand même ils devraient délaisser

Pour ce labeur des affaires urgentes.
Il n'en est pas de plus intéressantes,
Car, quel malheur (je tremble d'y penser!)
Si périssait l'art de l'imprimerie!
Avec le temps se perdant librairie,
De Grandgosier les gestes se perdraient,
Et vous voyez quels malheurs adviendraient.
Je ne connais à cela qu'un remède ;
De père en fils, pour se venir en aide,
Que chacun grave au fond de son cerveau
Tout ce mien livre, en est-il de plus beau?
Cela se peut, mais qu'importe sa source,
Il n'en est pas de plus grande ressource
Dans le chagrin et dans l'affliction.
Vous le savez, lorsque femmes ressentent
Vive douleur, au jour qu'elles enfantent,
On vient leur lire, avec empressement,
Les faits et dits de sainte Marguerite.
Tout aussitôt, si la douleur les quitte,
Elles en ont un grand soulagement.
De même advient par vertu de mon livre
A mes goutteux. — N'est-ce pas attrayant?
Aussi, celui qui contre argent le livre,
En a vendu plus en deux mois aux gens
Qu'on n'a vendu de Bibles en dix ans.
Je m'en vais donc conter de même sorte,
Et je mettrai même véracité,
Et si je mens... le diable vous emporte!

I.

Suite de la généalogie.

Du bon Noé, maître Pantagruel
Ne descendait, comme un autre mortel,
Mais il était issu d'Adam et d'Eve.
Le vieil Hénoch, — ceci n'est point un rêve, —
Nous dit qu'un jour des anges libertins,
Des filles d'Eve appréciant les charmes,
A leurs appas viennent rendre les armes,
Et des géants commencent les destins.
Chalabroth fut le premier de sa race ;
Il engendra Faribroth le coriace,
Qui donna l'être au superbe Hurtaly.
Si l'on en croit l'histoire d'icelui,
Il fut surtout grand amateur de soupe,
Et florissait quand le déluge vint.
Dans l'arche on dit qu'il s'efforçait en vain
De s'introduire ; or le bétail en troupe
S'y faufilait, le rat et l'éléphant,
Car rien n'était trop petit ni trop grand,
Sauf Hurtaly. — C'était fait de sa vie,
Quand il lui vint un éclair de génie.
Montant sur l'arche, il l'enfourche soudain,
De ses deux pieds bat l'élément liquide,
Et le gardant de tout écueil perfide,

Il sauve ainsi le pauvre genre humain.
Il engendra Nemrod, né pour la chasse,
Duquel naquit Erix, — et de sa race
Ledit Erix fut, dit-on, le premier
Qui sur son nez ait porté des lunettes,
Quand il jouait pour mieux voir son damier.
Et puis Erix engendra Daménètes,
Lequel après engendra Ramegui,
Et, chose étrange, autant que singulière,
Celui-ci fut, dit-on, fils de son père.
D'autres encor s'en viennent après lui.
Je vous en veux faire grâce aujourd'hui,
Tant suis pressé d'arriver à mon maître
Pantagruel, fils de Gargantua,
A qui le roi Grandgosier donna l'être,
Comme savez, — je vous l'ai dit déjà.

II.

Comment naquit Pantagruel.

Pantagruel eut Badebec pour mère,
La pauvre dame en lui donnant le jour
Perdit la vie ; — en sa douleur amère,
Gargantua pleure et rit tour à tour ;
Car, s'il était tout joyeux d'être père,
De cette mort il avait l'âme en deuil,
Riant d'un œil et pleurant de l'autre œil,

Et cependant se plaignant de la sorte :
« Ma Badebec, ma pauvre femme est morte !
Cruel destin, que ne me prenais-tu ?
Je n'aurais pas la douleur de sa perte !
Que la maison va me sembler déserte !
Mon pauvre enfant, combien as-tu perdu !
Hélas ! hélas ! que me sera la vie
Sans Badebec, ma mignonne chérie ;
Si Badebec ne doit plus revenir,
Ma vie, hélas ! ne sera que languir. »
Puis, sur son fils jetant soudain la vue,
Il se sentait tressaillir de bonheur :
« O mon pétiot de tant belle venue
(S'écriait-il, en riant de bon cœur),
Combien je dois rendre grâce au Seigneur
Qui m'a donné si belle géniture !
Mais Badebec et sa pâle figure
Apparaissant à son ressouvenir,
Il se prenait à pleurer, à gémir.

III.

Comment Pantagruel rencontre Panurge.

Pantagruel, pour consoler son père,
Grandit bientôt et de corps et d'esprit,
Puis à Paris, afin de se parfaire,
Il arriva, ce dont fort bien lui prit.

Or donc un jour qu'il faisait promenade,
En devisant avec un camarade,
Il aperçut venir par devers lui
Un beau garçon, en assez pauvre étui,
Beau de stature et noble de manière,
Mais mal nippé, tant que le pauvre hère
   Semblait aux badauds Parisiens
Homme ravi de la gueule des chiens.
« Voilà, dit-il, homme que j'imagine
Pauvre surtout d'argent plus que de mine.
Il n'est d'ici, — cela se voit de soi.
Puis, l'abordant avec un air affable :
« Ce pays-ci n'est pas très-favorable
Aux étrangers qui cherchent de l'emploi.
Si vous vouliez vous confier à moi,
Avec plaisir je vous serais utile,
Si je pouvais. » — A cette offre civile,
Le cavalier, saluant noblement,
Lui répondit quelques mots d'allemand.

PANTAGRUEL.

Je ne comprends nullement ce langage !

PANURGE.

Je puis en turc vous répondre, seigneur.

PANTAGRUEL.

Merci !

PANURGE.

L'italien est-il à votre usage ?

PANTAGRUEL.

Je ne l'entends !

PANURGE.

En grec j'aurai l'honneur...

PANTAGRUEL.

Point!

PANURGE.

En latin ?

PANTAGRUEL.

Non, non, pas davantage !

PANURGE.

Voulez-vous de l'hébreu? du chinois? de l'anglais?

PANTAGRUEL.

Ne sauriez-vous, monsieur, parler français?

PANURGE.

Je le parlai dès mon jeune âge.
Je suis de Tours, et Panurge est mon nom.
J'ai voyagé pour gagner du renom.
Tel qu'on me voit, j'arrive de Turquie.
Ulysse, auprès de moi, n'est que saint Jean.
Je voudrais bien vous raconter ma vie,
Mais faites-moi manger premièrement
Et boire aussi, car j'ai le ventre vide,
La dent aiguë et l'estomac avide,
La gorge sèche et l'appétit strident.

— Pantagruel à son logis sur l'heure
Mena Panurge, et depuis à demeure
Toujours il l'eut ; là tout ce qu'on offrit
A celui-ci, soudain il l'engloutit,
Et tôt après s'alla coucher notre homme.
Il s'endormit, et puis ne fit qu'un somme
Jusqu'au dîné du lendemain suivant ;
Mais, réveillé par instinct admirable,
Le couvert mis, Panurge se levant,
Ne fit qu'un saut du lit jusqu'à la table.
Panurge alors avait trente et cinq ans ;
Petit n'était, mais n'était des plus grands ;
Il avait nez de la forme aquiline,
Fait à peu près en lame de rasoir.
Fut galant homme autant qu'on puisse voir,
Fin à dorer, d'humeur fort libertine,
Mais il avait un défaut affligeant,
C'est que souvent il était sans argent,
Quoique pourtant, pour se tirer d'affaires,
De s'en trouver il ait eu vingt manières,
Mais en avait, pour le gaspiller, cent ;
Puis il était ribleur, pipeur, ivrogne,
Batteur de gens, affronteur sans vergogne,
Tel qu'il n'en est dans ce Paris maudit,
Au demeurant le meilleur fils du monde.

IV.

Ce que vit Épistémon dans l'autre monde.

Comme il fêtait tous les plats à la ronde,
Epistémon, malade dans son lit,
De son côté doucement rendait l'âme,
Car le bonhomme alors se faisait vieux.
Pantagruel le soignait de son mieux,
Et de ses jours il prolongeait la trame.
Epistémon était son professeur ;
Pantagruel prévoyait ce malheur,
Mais en avait affliction extrême.
Maître Panurge ayant fini son vin,
« Je suis, dit-il, quelque peu medecin,
Et, si voulez, j'irai voir par moi-même
S'il est bien mort, et, quand il le serait,
Peut-être bien que remède on aurait. »
Tout aussitôt on va chez le bonhomme,
Qui sur son lit commençait le grand somme.
D'un sien onguent Panurge le frotta,
Puis quelques mots dans ses dents marmotta ;
Déjà le mort bien faiblement respire,
Bâille, éternue, ouvre les yeux, soupire,
Puis fait un pet ; chacun va s'écriant :
Il ressuscite ! et vite, à boire ! à boire !
« Il est guéri, dit Panurge en dansant. »

Mais voici bien encore une autre histoire :
Le trépassé sur son séant se met
Et dit ces mots, d'un verbe haut et net,
(On me l'a dit, jamais je n'imagine) :
« J'étais si bien, qui m'a ressuscité ?
J'ai vu là-bas le diable et Proserpine ;
Ils n'avaient pas vraiment mauvaise mine.
Leur table est bonne et le diable, après tout,
Est fort bon diable et très-fort de mon goût.
Puis un damné n'est pas si misérable
Qu'on le croit bien ; son destin est sortable.
Mais seulement sitôt qu'on arrive en enfer,
Il faut changer d'état, et souvent on y perd.
Alexandre-le-Grand, pour y gagner sa vie,
Raccommodait les bas, et le roi de Phrygie,
Le vieux Priam, y vend vieux habits, galons d'or ;
Cléopâtre y criait des choux, de la salade,
Et Lancelot du Lac écorchait un chien mort.
Tel qui brillait ici, là-bas est bien malade,
Mais tel qui dans ce monde avait un triste sort,
Est là-bas gros seigneur et non plus pauvre diable.
Diogène en ces lieux est homme respectable,
Il est tout cousu d'or. — De son sceptre il frappait
Alexandre-le-Grand pour certaine fadaise
Qu'il lui disait ; d'autre part on voyait
Mons Epictète assez fort à son aise,
Revêtu d'un habit bien fait, à la française,
Près d'un jeune tendron, sous la treille étendu,

Faisant dans son pourpoint résonner maint écu.
　Il m'invita courtoisement à boire.
　Nous bûmes donc, théologalement,
　Tout en contant histoire sur histoire,
　Quand près de nous Cyrus, piteusement,
S'en vint, psalmodiant, demander une obole,
　Car il n'avait, disait-il, un fétu
　Pour son souper et devait sur parole
　Plus d'un ognon. — Pour éloigner le drôle,
　Le philosophe, aveignant un écu :
　« Tiens, lui dit-il, à toi coquin, emporte,
　« Et si tu n'es honnête, fais en sorte
　« De l'être un jour. » — Content comme un cocu,
　Cyrus partit, mais d'autres l'avaient vu.
　C'étaient je crois Darius, Alexandre,
　D'autres vauriens encor, gens bons à pendre,
　Qui sans pudeur le volèrent la nuit.
　C'étaient ceux-là qui l'autre jour trouvèrent
　Le pape Jule et le dévalisèrent.
　— Jule est mitron ; lorsque son maître cuit,
　Il va crier pâtés chauds et galettes.
　J'en achetais, elles sont très-bien faites,
　Et les pendards en dînèrent fort bien.
　Jule en pleurant s'en revint les mains nettes.
　　Le pâtissier n'écouta rien,
　Et le rossa tant que sa peau contuse
　N'eût été bonne à faire cornemuse.
Le poète Villon était pape à son tour,

Et tous les rois venaient baiser sa mule,
Lui, bénissait ces gens, qui lui faisaient leur cour,
Et leur tenait ce discours ridicule :
« Gagnez pardons, je les donne gratis,
« Je vous absous de dîner, mes chers fils,
« Et vous dispense tous de valoir quelque chose. »
— Mais, tout là-bas n'est pas couleur de rose.
Le dernier pape n'est heureux.
On vous l'a marié, sa femme est harangère.
Elle le bat d'une main peu légère ;
Et le pauvre homme, inoffensif et doux,
N'oserait pas lui rendre coups pour coups. »
Epistémon débitait sa légende ;
Mais laissons là ce discours de rêveur.
Je ne crois pas qu'en enfer on descende
Pour revenir ; — je crois que, par bonheur,
Le mort n'était qu'en simple léthargie,
Mais on le crut vraiment ressuscité.
Il recouvra bien vite la santé,
Et du docteur la drogue fut bénie.

V.

Comment Panurge mangeait son blé en herbe

Pour s'attacher un pareil serviteur,
Pantagruel et de bien et d'honneur
Combla Panurge, et d'une seigneurie

Il lui fit don avec un beau château
Qu'administra d'abord sa prud'homie,
Si bien qu'après trois mois de chère vie,
Le revenu fut mangé bien et beau
Trois ans d'avance ; et point ne vous faut croire
Qu'il fît pour ce chose très-méritoire,
Ni qu'il fondât avec ses capitaux
Messes, couvents, églises, hôpitaux.
  Non, il passait son temps à table,
Non pas avec un cercle respectable,
Mais il cherchait, pour gaîment banqueter,
Filles de joie et galantes mignonnes,
Pour boire avec ces aimables personnes,
Chacun entrait sans se faire inviter.
Ainsi, vivant avec un train superbe,
Le châtelain, à tout prix empruntant,
Achetant cher et bon marché vendant,
Pour dire tout mangeait ses blés en herbe.
Pantagruel averti, mais trop tard,
Ne s'en fâcha : toujours de bonne part
Il prenait tout, car c'était bien en somme
Le plus parfait, le meilleur grand bonhomme
Qui fut jamais. — Et de fait est-il rien
Qui sous les cieux doive affecter le sage ?
Il appela Panurge : « Il est dommage
Que vous mangiez ainsi tout votre bien,
Dit-il, jamais vous ne ferez fortune.
— Hélas, seigneur, quelle chose importune !

Chacun de dire, il vous faut ménager
Pour vos vieux jours. Montrer de la prudence!
C'est selon moi pauvrement raisonner,
Le plus prudent c'est de vivre d'avance ;
Sait-on de nous qui vivra dans deux ans?
Demain peut-être est-ce la fin des gens,
Les mieux vivants sont donc les plus prudents. »
Le maître alors : « Ce serait peu de chose
Si vous n'étiez endetté. — Quelle cause
Vous fait ainsi gendarmer contre moi?
Quoi! n'avoir plus de dettes! Dieu m'en garde!
C'est là, seigneur, ma seule sauvegarde,
C'est par calcul que je m'endette. Eh quoi!
Ne voyez-vous quelle philantropie
Au débiteur montre son créancier?
Soir et matin on le voit Dieu prier
De protéger la fortune et la vie
Du débiteur, qui, s'il veut emprunter,
Tout de nouveau, pour se faire prêter,
Est assuré que l'autre le seconde
Pour lui trouver une somme bien ronde,
Qui, le payant d'abord, tire l'autre d'ennuis.
Dans cet espoir, ce précepte je suis :
Faites au soir le levain à la hâte,
Et le matin verrez lever la pâte. »
Tous ces discours étaient peu de saison.
Pantagruel, qui ne voulait pas rire,
Répond alors : « Non, vous aurez beau dire,

Et les Persans, je crois, avaient raison
Quand ils disaient que le second des vices
C'était mentir et le premier, devoir,
Car celui-ci, vous le devez savoir,
Précède l'autre. Or donc sur mes services
On va payer ; de dettes, je le dis,
Je ne veux plus. — Seigneur, je vous en prie,
Ne payez tout ; quand, par le roi Louis,
Le vieux d'Iliers hors de procès fut mis,
Pour occuper le reste de sa vie,
D'Iliers pria le roi de lui laisser
Un procillon, sans plus outrepasser ;
De même moi. — Je veux payer, vous dis-je,
N'en parlons plus, cela me désoblige. »

VI.

Comment Panurge voulant se marier se consulte à Pantagruel.

Panurge un jour dit à Pantagruel :
« Si la parole est chez vous demeurée,
Je vous adjure en mon doute cruel,
Par l'amitié que vous m'avez jurée,
De me répondre, et cela sans railler :
Ferai-je bien, je veux me marier ?
— Ainsi soit-il, lui répondit le maître,
Soyez mari, puisque vous voulez l'être.
Quand une fois les dés en sont jetés,

Quand les partis sont pris, bien arrêtés,
Il ne faut plus qu'exécuter la chose.
— Non, dit Panurge, et si je me propose
De m'établir, maître, je vous le dis,
Ne le ferai sans avoir votre avis.
— N'est-ce que ça, soit! je vous le conseille.
— Vrai, j'ai pourtant une puce à l'oreille,
Si je croyais qu'il fût mieux d'enrayer,
De rester seul et point me marier,
Je le ferais. Courir nouvelle chance,
N'est pas le fait d'un homme de prudence.
Qu'en pensez-vous? — Ne vous mariez point.
— Oui, mais pourtant un certain point me point:
Ainsi seul et faut-il que je demeure?
A qui vit seul la vie est un fardeau.
On sera seul assez dans le tombeau!
Il est écrit *væ soli.* — Mais sur l'heure
Mariez-vous. — Très-bien, mais si pourtant
Ma femme allait me... — Quoi? — Cela s'entend,
La chose n'est si rare cette année,
Et j'en serais comme une âme damnée.
J'aime beaucoup les maris, et crois bien
Qu'ils sont chanceux et surtout gens de bien,
Mais, par ma foi, je ne voudrais pas être
De ceux qu'on voit.—Oh! pour le coup, mon maître,
S'il est ainsi, ne vous mariez donc :
Ce que tu fais aux autres, ton semblable
Te le fera, sentence véritable!

Sauf quelques cas, mais je n'en connus onc.
— Soit! mais enfin, j'ai besoin d'une femme.
Vaut-il pas mieux qu'avec quelque bonne âme
Je m'associe, et n'aille point toujours
Changeant sans cesse et jouant mauvais tours
A des maris que je plains et que j'aime,
Non sans danger de recevoir moi-même
Sur mon échine, une grêle de coups,
Pour ne pas dire pis? — Alors, mariez-vous.
— Mais cependant si Dieu veut que j'épouse
Quelque matrone un tant soit peu jalouse,
Redoutant moins l'avenir du cocu,
Si, par malheur, d'elle j'étais battu;
On me l'a dit : matrone prude et sage
Est bien souvent très-vinaigre en ménage;
Mais je serais encor pire, et ma foi,
Je la battrais tant et trétant, pour moi,
Que le grand diable, à moins qu'il ne m'emporte,
En attendrait son âme à notre porte.
— S'il est ainsi, ne vous mariez point!
— Oui, mais voici de plus un nouveau point :
Me trouvant donc et sans femme et sans dette,
Dites, comment voulez-vous qu'on me traite,
Si tout malingre il faut me mettre au lit,
Et notez bien que sans dette j'ai dit!
Un créancier de cent soins s'embarrasse
Pour empêcher qu'un débiteur trépasse,
Aux médecins il veut s'associer.

Mais qui de moi se va donc soucier,
Si je n'ai, las! ni créancier ni femme?
Car je ne sais non plus quelle bonne âme
Dit quelque part : Quand femme n'est point là,
Le malade est en grand péril. Cela,
Je le crains fort, je vous le dis sans feindre.
   — Mariez-vous alors. — Malade étant,
Pour remplir mon devoir je serais impotent;
Si ma femme, et cela pourrait bien être à craindre,
Allait trouver autrui pour m'achever de peindre,
Et si, m'abandonnant en mes pressants besoins,
Elle me dérobait mon argent et ses soins?
   — Ne vous mariez point, si vous craignez la chose!
   — Ne point me marier! et si pourtant je n'ose,
     D'enfant qui soit à moi jamais n'aurai,
     Qui mon blason et mon nom perpétue,
     A qui je puisse, et ce penser me tue,
     Laisser mon or et mes biens, si j'en ai,
Point d'enfants avec qui je me délasserai,
     Ainsi que chacun le voit faire
     A votre bonhomme de père,
     Comme font tous les gens de bien.
 —Eh donc, mariez-vous, et changeons d'entretien.
   — A quel conseil devrai-je donc me rendre?
A se détruire entre eux vos avis semblent tendre.
Je ne sais plus à quoi je devrai m'en tenir.
 —Mais, dit Pantagruel, vous, que voulez-vous faire?
Chacun de vos projets à l'autre est si contraire,

Qu'on ne peut avec vous ni fonder ni finir,
Et votre volonté n'est que molle et débile,
C'est là qu'est l'important, le reste est inutile.
Se marier est bien ou mal, cela dépend
Du destin, du mari, de la femme qu'on prend.
On voit des gens heureux et qui parfois rencontrent,
Au sein du mariage, un bonheur sans égal ;
On en voit de certains aussi, c'est là le mal,
Si malheureux, qu'au doigt leurs voisins se les montrent,
Si malheureux, hélas ! que les diables d'enfer
Qu'on emploie à tenter les saints dans le désert,
   Ou deux forçats joints par les mêmes chaînes,
   Ont moins d'ennuis, de soucis et de peines. »

VII.

Comment Pantagruel conseille à Panurge de s'en rapporter au sort.

« Si cependant je voulais sur le cou
   Me mettre un semblable licou,
Je vous le dis, — sans tant de défiance,
De mon destin je tenterais la chance,
Et dans mon choix, de peur de me tromper
(Car les plus fins s'y laissent attraper),
Les yeux fermés et bien bandés, je jure
Qu'on me verrait choisir à l'aventure,
Après avoir pourtant, en bon chrétien,
Prié le ciel de me conduire à bien.

6

— Soit! dit Panurge, et cependant, mon maître,
Puisqu'aussi bien il faut nous en remettre
Au seul destin, ne serait-il pas mieux
Avec trois dés de consulter les dieux?
— Gardez-vous-en, ce sort est diabolique
Et scandaleux et surtout hérétique;
Ne vous y fiez pas. Mais on se trouve bien
De recourir au sort virgilien.
Nous ouvrirons au hasard l'Énéide,
Le premier vers de votre sort décide.
Ainsi Brutus, la veille de sa mort,
Dans l'Iliade interrogeant le sort,
Y lut ces mots : « Par le fils de Latone
Il fut frappé d'une flèche félonne. »
Or Apollon fut le mot du combat
Le lendemain, — et Brutus succomba.
Bien en advint aux empereurs Sévère,
Adrien, Claude, Albin, à maître Pierre,
De consulter Virgile et son latin;
Le dernier dut surtout rendre grâce au destin,
Car il s'abstint d'aller voir sa donzelle,
Ayant trouvé dans cette œuvre immortelle
Cet avis sûr : « *Ne va pas t'engager*
Sur ce terrain funeste à l'étranger,
Et de l'Avare évite le rivage. »
Il s'abstint donc et partant il fut sage,
S'il ne l'eût fait, de cent coups de bâton
Certain rival le régalait, dit-on.

Mais n'allez pas vous mettre en la cervelle
Que la recette en soit universelle,
Sûre, infaillible, et je le dis pour moi,
J'aurais en elle, entre nous, peu de foi.

VIII.

De la vertu des songes.

Il est encore un moyen très-antique
Fort employé par la gent prophétique,
Qui, dans un songe, apprit à découvrir
Ce que peut être un prochain avenir,
Lorsque l'enfant que nourrice surveille,
Bien allaité, bien nettoyé, sommeille,
Nourrice alors reprend sa liberté,
Et le berceau par elle est déserté.
Ainsi de nous, quand notre corps repose,
Notre âme alors est libre en toute chose,
Elle s'ébat jusqu'à notre réveil,
Car il n'est point pour elle de sommeil;
Elle revole au ciel dont elle fut bannie,
Elle revient à la première vie,
Elle s'absorbe en contemplation
Devant le Dieu de la création,
Et participe à cette intelligence
Qui du Seigneur est la toute-puissance.
Rien ne la borne, et son centre est partout,

Tout est dans elle, elle-même est dans tout ;
Le passé, le présent, enfin l'avenir même,
Ne sont qu'un devant elle en ce moment suprême·
  Pour l'âme donc tous les temps sont présents ;
Elle prend note, et vers nos corps pesants
Elle revient ; mais, las ! notre nature
N'est point pour elle une essence assez pure.
Elle entre alors en un sommeil profond,
Tout souvenir s'y mêle et s'y confond ;
Puis, au réveil, nos sens gardent à peine
De vagues souvenirs de sa course lointaine,
Et nous avons pitié de tant d'erreur.
Ainsi Phœbé qui reçoit la lumière
Du dieu du jour, ne rend plus à la terre
Que des rayons pâles et sans chaleur.
Pour moi, j'en crois assez le témoignage
Que rendit là-dessus Héraclite le sage :
— Il disait que si rien ne nous était célé,
Par les songes non plus rien n'était révélé.
  Si vous voulez tenter l'expérience,
Il vous faudra jeûner, comme aux jours d'abstinence :
Ne point souper, je crois, serait le mieux.
Amphiaraüs, devin des plus fameux,
Dit que l'on doit, en pareille entreprise,
Lorsque l'on veut chance s'y ménager,
  Pendant trois jours ne rien manger,
Ni boire vin, de peur qu'on ne se grise.
— Bien grand merci ! maître, de vos avis,

Je ne veux plus en tâter à ce prix:
Quand je n'ai pas bien rempli ma futaille,
Rien je ne vaux et ne dors rien qui vaille;
Ne dormant pas, je ne saurais songer,
 Tous vos avis ne sont pour m'arranger;
Ma foi quiconque est bête agisse en bête,
Le mieux, je crois, est d'en faire à ma tête. »

IX.

Comment Panurge prit conseil d'un astrologue.

Epistémon, que l'on ne savait là,
Prit la parole en cette conjoncture:
« J'irais, dit-il, trouver Mener Tripa,
Qui dans les cieux sait voir chose future.
— Je ne sais pas ce qu'il voit dans les cieux,
Mais sur la terre on pourrait y voir mieux,
Reprit Panurge. Un jour que chez la reine
Il déclarait sa science certaine,
Sa femme avec un soldat devisait;
Il n'en sut rien et ne se doute encore
De ce que fait chaque jour la pécore.
— Allons toujours, parfois il a vu net. »
Chez l'astrologue on fut au pas de course.
Panurge en main lui remit une bourse
Et lui conta son tourment soucieux.
Mener Tripa mit l'argent dans sa poche;

Et, regardant Panurge entre deux yeux :
« Je vois, dit-il, quelque chose qui cloche,
Oui, vous avez, mais vous avez au mieux
Physionomie et métoposcopie
D'un vrai cocu, mais comme il n'en est mie. »
Il prit la main et la mettant à nu :
« Voilà, dit-il, une main de cocu. »
Et puis de l'horoscope ayant pris connaissance,
Pousse un soupir et dit : « Je l'ai prévu,
Cet horoscope est celui d'un cocu.
— Au diable soit la bête et sa science,
Si diable veut de si pauvre pitance !
Du vrai savoir sache que premier mot
C'est connais-toi toi-même, maître sot ! »
— Mais l'astrologue : « Oh ! point de fâcherie !
Je puis prouver par la pyromancie
Ce que j'avance, et par hydromancie,
Gyromancie et l'économancie,
Pour ce je puis invoquer tour à tour
Cyromancie et céphalomancie,
Et vous montrer, aussi clair que le jour,
Que si cocu vous n'êtes devez l'être.
Je puis encor vous le faire connaître
Si vous voulez, dites-le sans détour,
Par aruspice et par nécromancie,
Et pour cela, ressuscitant un mort,
Vous apprendrez de lui tout votre sort...
Cela déplaît à votre seigneurie ?

Ce n'est pour moi qu'une preuve de plus,
Les revenants font trembler les cocus.
Mais nous saurons par la seyromancie,
Cartomancie ou bien sternomancie.... »
— Panurge alors : « Bourreau, fol, enragé,
Va, que potence ou fièvre te posséde! »
De l'astrologue il prit ainsi congé.

X.

Ce que pensait Hypothadé sur le mariage.

Prenant pitié du souci qui l'obsède,
« Faisons venir, lui dit Pantagruel,
De vrais docteurs : Rondibilis est tel,
Et puis encore Hypothadé peut-être.
L'un médecin, l'autre théologien,
Et chacun d'eux docteur et passé maître.
— Appelons-les, si vous le voulez bien. »
Le lendemain ils étaient tous à table,
Et le repas arrivait à sa fin.
Ayant vidé son verre au préalable,
Puis aux docteurs s'adressant donc enfin,
Et s'abstenant de tout préliminaire,
Panurge dit : « Messieurs, toute l'affaire
Gît en deux mots : Dois-je me marier?
Si ne pouvez sur ce m'édifier,
Qui le pourra, dites-le-moi? Personne! »
Hypothadé, faisant réflexion,

Lui dit : « Je crois que si la passion,
Que si la chair par trop vous aiguillonne,
Mieux vaut encor vous marier, seigneur,
Pour éviter l'enfer, c'est le plus sage :
Mieux vaut sur terre endurer mariage
Qu'en l'autre monde éternelle douleur.
— Bravo ! pourtant il me reste un scrupule,
Qui, pour certains, peut sembler ridicule.
C'est moins que rien : serai-je point cocu ?
— Non pas, s'il plaît à Dieu ! — Par la vertu
De ce mot-là, vous pouvez tout prédire
Sans vous tromper, et vous pourrez me dire
Si je le suis qu'à Dieu la chose a plu ;
Mais, quant à moi, tout haut je le proclame,
En aucun cas cela ne me plairait.
— Soit ; mais cela dépendra de la femme
Que vous prendrez. — Hélas ! qui donc pourrait
Me garantir semblable marchandise ?
S'y connaît-on ? qui le sait me le dise ! » .

XI.

Ce que pensait maître Rondibilis.

« Je ne pourrais dire à quoi cela tient,
Reprit alors le rival de Gallien ;
Pour les maris c'est un triste apanage,
Mais chacun sait que l'ombre suit le corps

Moins sûrement que messer cocuage
Ne suit partout en piste mariage;
Et quand j'entends : un tel est marié,
Un tel, me dis-je alors, cocu peut être,
L'est, le sera, le fut, le doit paraître.
Hippocratès, en quittant sa moitié
Pour aller voir Démocrite le sage,
Qui demeurait en un lointain pays,
Recommandait à son ami Denys
De surveiller sa femme et son ménage.
« Non pas, dit-il, que je soupçonne en rien
Ses sentiments, j'ai le passé pour gage,
Mais elle est femme, enfin tu comprends bien,
Qui dit femme dit sexe inconstant et fragile,
Et tellement imparfait et débile,
Que l'on croirait nature en la formant
S'être soustraite à son sens ordinaire.
Il m'est avis qu'on la créa pour plaire
Ou pour enfanter seulement.
Le Créateur n'avait donc pas en vue
De nous donner l'individu parfait.
Platon lui-même, et c'est chose connue,
Ne sait s'il doit, en raison de ce fait,
Voir en la femme un être raisonnable,
Car ce n'est pas par le raisonnement
Qu'elle fait rien, mais par un mouvement
Qui la domine, et, tyran indomptable,
La pousse au mal; or ce mouvement-là

N'est pas l'instinct qu'aux animaux on donne,
C'est davantage et c'est moins que cela.
Cet instinct-là, c'est le diable en personne.
Si bien enfin que si le Créateur
N'eût sur leur front fait siéger la pudeur,
Nous ne verrions que des femmes perdues
Courir à nous, bacchantes éperdues.
— Ne serait-il de remède en ceci ?
— Ce que je sais de meilleur le voici :
Jadis Jupin, roi des dieux et des hommes,
Se dit : Je veux faire un calendrier
(Celui des saints est fait sur ce premier);
Nous pourrons bien, nous tous tant que nous sommes,
Trouver chacun à nous approprier
Un jour au moins dans le cours de l'année,
Et l'on saura, là-bas, quel jour prier
Mars, Pan, Mercure et leur sacrifier.

CARPALIM.

Il fit sans doute, ainsi que Titeville,
Qui fut évêque en Bourgogne jadis.
Ce bon prélat, connaisseur fort habile
En fait de vins, avait dans le pays
Des clos choisis et cultivait sa vigne.
Or mainte fois il perdit tout espoir
De récolter : — d'une façon indigne,
Grêle, frimas détruisaient son avoir.
Il redoutait surtout leur arrivée,

Comme funeste en ce temps de l'année
Où l'on fêtait saint Philippe et saint Marc,
Saint Eutrope ou le saint qu'adore l'Angleterre.
   Or, s'enquérant si tels saints par hasard
   N'avaient en eux influence contraire
   A ses raisins, ils les crut saints grêleurs,
   Des saints gâteurs de bourgeons et geleurs.
   Pour éloigner leur funeste influence,
   Il transporta leur fête avec prudence
   En temps d'hiver, après jour de Noël,
Leur permettant alors de geler à leur aise,
   Pour remplacer ces saints par tel ou tel,
   Qui, suivant lui, dans la chaleur se plaise,
   Comme les saints Dominique et Laurent,
   Saint Jean, saint Christophe-le-Grand,
   Où bien encor la sainte Madeleine.
Mais achevez...

RONDIBILIS.

         Jupiter à grand'peine
   Casa chacun; mais voyez quel malheur!
   Il oublia ce pauvre cocuage :
   Le pauvre diable était en grand labeur,
   Il avait fait à Paris un voyage
Pour assister des gens à sa dévotion
   Dans un procès en séparation.
   Ayant appris le tort considérable
   Qu'on lui faisait, il revient à Jupin,

Lui rappelant les services sans fin
Qu'il lui rendit. « C'est oubli regrettable,
Lui dit Jupin. Hélas! je n'y puis rien,
Car les états sont clos et bel et bien. »
Mais ne se tint pour battu cocuage;
Il insista, fit un si grand tapage,
Que Jupiter sur sa liste l'inscrit.
La jalousie ayant la préséance,
Sous leur pouvoir il dit que tout mari
Se rangerait, surtout de préférence
Tel qui pourrait femme jolie avoir;
En sacrifice il ferait son devoir
De leur offrir soupçons et défiance,
Et de chez ceux qui ne consentiraient
A faire ainsi, ces dieux délogeraient,
Les laissant seuls pourrir avec leurs femmes,
Comme n'étant que sacriléges âmes.
Ceux qui leur fête avec soin chômeraient,
Et qui, donnant un exemple contraire,
Pour cela seul laisseraient toute affaire,
Qui tout le jour leurs femmes guetteraient,
Les gronderaient et les maltraiteraient,
De cocuage auraient la préférence
Et jouiraient toujours de sa présence.
J'ai dit.

XII.

Ponocrate s'en mêle.

Je crois qu'au fond de tout cela,
Dit Carpalim, est la vérité pure :
Femme fera toujours, c'est chose sûre,
Avec ardeur ce qu'on lui défendra,
Et le serpent savait bien son affaire
Lorsqu'il disait jadis à notre mère :
Ce fruit t'est défendu, donc tu dois en goûter,
Car autrement tu ne serais pas femme.

PONOCRATE.

Je me souviens avoir ouï conter
Qu'autrefois une noble dame,
Qui fut abbesse en je ne sais quel lieu,
Au pape Jean du nom vingt et deuxième,
Qui visitait avec plaisir extrême
Son monastère, exprima certain vœu.
On demandait au pape avec prières
Qu'il voulût bien permettre aux bonnes mères
De recevoir le réciproque aveu
De leurs péchés, y joignant la puissance
De s'en donner pleine absolution.
Il est de vrai mainte confession
Que femme fait, mais non sans répugnance,
Au directeur. Or le pape d'avance

7

De la demande en secret fut instruit :
« Très-volontiers, répondit le Saint-Père,
Je le ferai, mais une chose nuit
A vos projets, c'est qu'il faut du mystère.
Confession d'autrui, c'est un secret.
Ce qu'apprendrez saurez-vous bien le taire?
Femme discrète est un rare sujet!
—N'en croyez rien, Saint-Père, et méchants hommes
Ont dit cela, mais discrètes nous sommes
Plus qu'aucun d'eux. —Eh bien! j'y songerai,
Reprit le pape, et demain vous dirai
Ce que pour vous je croirai devoir faire,
Mais en revanche, aussi, je vous prîrai
De me serrer ce petit nécessaire.
Faites ainsi que nul ne puisse voir
Ce qu'il contient; à vous je le confie,
Je le prendrai sans faute demain soir,
Car de mes gens pour ce je me défie.
Devant encor visiter d'autres lieux,
Je ne pourrais leur laisser la cassette
Ni l'emporter; ici je la crois mieux.
— Qu'il soit donc fait ainsi que le souhaite
Sa Sainteté, » dit l'abbesse aussitôt.
Le pape sort, mais il n'est pas plutôt
Hors du couvent que la boîte est ouverte.
Un oiselet, plus que l'abbesse alerte,
    S'en échappe à l'instant;
Par la fenêtre il se sauve en chantant,

Et va friser la barbe du Saint-Père,
Qui justement montait dans sa litière.
Il comprend tout et reparaît soudain :
« J'ai renvoyé mes courses à demain,
Dit-il ; donnez le coffret, bonne mère. »
La pauvre abbesse en tremblant le remit.
Sa Sainteté, qui dans sa barbe rit,
Lui dit : « Pour vous je n'ai point de mystère,
Vous allez voir ce qu'on mit là-dedans. »
La pauvre dame à deux cents pieds sous terre
Voudrait se voir, et rit du bout des dents.
La boîte s'ouvre, et Jean, d'un air sévère,
Dit, en fixant la peu discrète mère
Et lui montrant le vide du coffret :
« Voilà comment vous gardez un secret ! »

ALCOFRIBAS.

Et quelle femme au fait peut se défendre
De désirer ce qu'on ne lui permit,
Et s'il s'agit d'un secret, de l'apprendre
Et de le dire aussitôt qu'on l'apprit,
Moins dans le but de le faire connaître
Que par besoin de bavarder, peut-être ?
Je m'en souviens, autrefois j'ai bien ri
A voir jouer une farce drôlette
A Montpellier. Un assez sot mari,
A qui le sort donna femme muette,
Y demandait au médecin recette

Qui fit parler sa femme. — On la guérit ;
Lors du mari commença le martyre,
Elle parla tant, tant, tant, tant et tant,
   Que le pauvre homme, à bout de rire,
Alla trouver le docteur à l'instant,
Se disant mort s'il ne vient à son aide
Pour arrêter ce babil importun,
Et lui demande au plus tôt un remède.
Le médecin répond : « Je n'en ai qu'un,
C'est de vous rendre sourd... oui, sourd... car je puis faire
Femme parler, mais non la faire taire,
L'art pour cela n'est pas assez puissant. »
« Vous oubliez, messieurs, le plus pressant.
Tout cela, dit Panurge, ne m'éclaire. »

RONDIBILIS.

   Mon avis est qu'il faut
N'avoir souci du mal qui vous occupe,
C'est le moyen qu'il n'arrive trop tôt ;
Que s'il arrive et qu'on se trouve dupe,
Le meilleur est de ne pas s'attrister
D'un mal que rien ne pouvait arrêter.

PANURGE.

Moi je prétends m'en soucier, messire,
Mais je ne veux pas trop vous retenir.
Tenez, voici, je vous ai fait venir,
Je dois payer. « Monsieur vous voulez rire,
Il ne faut rien ! » s'écrie en bien comptant

Rondibilis; — mais j'accepte pourtant,
Des gens de bien jamais je ne refuse.
Sans se gêner qu'ici de moi l'on use.

PANURGE.

En vous payant, monsieur.

RONDIBILIS.

Cela s'entend.

— Après avoir renvoyé les convives,
Panurge et rogue, et triste, et soucieux,
De temps en temps, par syllabes plaintives,
Se soulageait, quand, faisant de son mieux
Pour l'égayer, lui tenait ce langage
Pantagruel : « Vous êtes personnage
Plus empêché que n'est un pauvre rat,
Quand une fois il est pris dans le piége.
Plus il fera, quelque soit son manége
Pour en sortir, plus il s'empêtrera.
Mais vous avez entendu les plus sages,
Et puisqu'enfin vous n'êtes satisfait,
Voyez les fous, peut-être qu'il en est
(Bien que cela soit peu dans les usages),
Il en est, dis-je, encor de bon conseil.
Seigny Joan est un fou sans pareil,
Et je ne sais si Salomon lui-même
Hier s'en fût si bien que lui tiré.
Voici le fait comme on me l'a narré :
Au petit Châtelet, près de la porte même,

Un rôtisseur étale, et non pas sans amour,
Sa marchandise cuite avec un soin extrême ;
Là sont des poulets froids et d'autres cuits du jour,
   Ceux-ci fumants au sortir de la broche.
   Un crocheteur de ces derniers s'approche
   En leur jetant un amoureux regard,
   Et col tendu, la prunelle allumée,
De ces poulets dorés et cuirassés de lard,
Il flaire à nez ouvert la senteur parfumée ;
   Puis, avançant son pain sur la fumée,
Quand il en croit la mie assez bien imprégnée,
   Dans son repas il mord à belle dent.
   Le rôtisseur le guettait cependant ;
   Riant sous cape et le regardant faire,
   Et quand il eut fini son ordinaire,
   Soudainement il le happe au collet :
   « C'est bien pour toi que l'on rôtit poulet,
Drôle, dit-il, tu vas payer sur l'heure.
   — Je ne vous ai fait tort ou que je meure,
Dit le pauvre homme. Ai-je touché le rôt ?
Tout aussi bien se perdait la fumée ;
Je n'ai rien pris, je ne dois pas d'écot.
   — Cette fumée est du poulet formée,
Dit le marchand, je la veux perdre, moi,
Et ne veux point qu'un faquin tel que toi
A mes dépens fasse grasse ripaille. »
Disant ces mots, il saisit le crochet,
Mais là-dessus l'autre, qui point ne raille,

Prend son tribard et fait le moulinet.
Le badaud peuple accourt voir la bataille,
Mais, par bonheur, Seigny Joan était
Dans cette foule. — Apercevant notre homme,
Le rôtisseur dit alors au gourmand :
« Veux-tu, faquin, t'en rapporter en somme
Pour terminer tout notre différend,
Au jugement dudit Seigny Joan?
— Par la sambleu! j'y consens, » répond l'autre.
Seigny Joan, le fait bien exposé,
Prend un maintien digne, grave et posé,
Et semble un chat qui dirait patenôtre,
Puis au faquin il demande un tournois,
Cettui l'allonge en faisant triste mine,
Et cependant le rôtisseur sournois
S'éjouissait. — Or, Joan examine
Soigneusement si l'argent est de poids.
Le badaud peuple, avec un grand silence,
Attend l'arrêt. Seigny Joan s'avance,
Sur le comptoir il fait sonner l'argent
Cinq ou six fois, puis magistralement
Avec l'allure et l'aplomb d'un patrice,
Tenant au poing, comme main de justice,
Une marotte, et mettant son bonnet,
Qu'oreille d'âne avec grand luxe ornait,
   Toussant, crachant au préalable,
Il prononça cet arrêt mémorable :
« La cour décide ainsi : Que le faquin

A la fumée ayant mangé son pain,
Au rôtisseur doit amplement suffire
Le son de la monnaie; ordonnons à l'instant
Que chacun des plaideurs en son coin se retire.»
    D'après cela, voyez si de Seigny Joan
Voulez prendre conseil.—Qu'on l'amène au plus vite!

XIII.

Comment Panurge ne se marie point.

Carpalim fut quérir notre homme incontinent.
    A s'asseoir Panurge l'invite,
Lui fait présent d'un beau sabre de bois,
D'une vessie enflée et résonnante
(Exprès dedans on avait mis des pois),
D'une bouteille enfin très-avenante.
Seigny Joan ayant goûté le vin,
Le trouva bon, et dit : « Je vous écoute,
Ne craignez pas de me parler en vain.»

PANURGE.

Voici le fait : J'éprouve un certain doute,
Et ne sais pas si dois-je ou ne dois point
Me marier. Votre avis sur ce point?

SEIGNY JOAN.

Mais vous avez un parti comme l'autre
A votre choix.

PANURGE.

Je demande le mieux;
Me marier est-ce mieux?

SEIGNY JOAN.

C'est tout vôtre,
Je n'y vois pas d'empêchement.

PANURGE.

Pour dieux,
Ferai-je mieux si je ne me marie !

SEIGNY JOAN.

Je n'y vois pas d'obstacle en ce moment.

PANURGE.

Moi j'en vois plus de cinq cents, sur ma vie.

SEIGNY JOAN.

Cinq cents, comptez.

PANURGE.

Ce sont soins superflus,
Cela peut être ou moins ou plus,
Je dis cinq cents, comme chose innombrable.

SEIGNY JOAN.

Cela se peut.

PANURGE.

Donc, je me marîrai?

SEIGNY JOAN.

Pourquoi donc pas?

PANURGE.

Et bien m'en trouverai?

SEIGNY JOAN.

Cela dépend.

PANURGE.

Soyez-moi secourable,
Et dites-moi ce qu'il faut faire alors.

SEIGNY JOAN.

Que voulez-vous?

PANURGE.

Je veux le mariage,
Mais cependant je crains le cocuage.

SEIGNY JOAN.

Hé! hé! cela nous vient malgré tous nos efforts,
Nous l'avons vu maintes fois.

PANURGE.

Eh bien, maître,
Mettons le cas que je suis marié.

SEIGNY JOAN.

Mettons-le, soit! mais où faut-il le mettre?...

PANURGE.

Hein! qu'est ceci? vous vous moquez peut-être;
Mais si pourtant, quoique contrarié
D'en venir là (car ce n'est mon usage),
Je vous administrais quelques coups de bâton!

SEIGNY JOAN.

Je n'y suis pas.

PANURGE.

Parlons d'un autre ton.
Si je prenais matrone prude et sage,
 Je craindrais moins le cocuage.

SEIGNY JOAN.

Vous dites vrai.

PANURGE.

Quand on fut sage avant,
L'est-on toujours après?

SEIGNY JOAN.

Cela, j'en doute.

PANURGE.

Vous en doutez, dites-vous; cependant
Connaissez-vous celle dont je redoute
D'être l'époux?

SEIGNY JOAN.

Non.

PANURGE.

Et vous douteriez?
Pourquoi?

SEIGNY JOAN.

Pourquoi? Je dis cela pour cause.

PANURGE.

Alors que diriez-vous si vous la connaissiez?

SEIGNY JOAN.

Si je la connaissais, ce serait autre chose;
    J'en douterais beaucoup plus.

PANURGE.

Vous croyez?

(*A un page.*)

Page, prends mon bonnet, descends dans l'écurie,
Va jurer un moment pour moi, va, je t'en prie,
Je jurerai pour toi lorsque tu le voudras.

(*A Joan.*)

Voyons un peu, sans doute tu diras
    Quel insolent se sentira capable
De s'adresser à moi?

SEIGNY JOAN.

Quelqu'un.

PANURGE.

Je le battrai!

SEIGNY JOAN.

Vous le croyez?

PANURGE.

Certes, je le ferai.
Mais concluons.

SEIGNY JOAN.

Soit!

PANURGE.

Bouffon détestable,
Va-t'en te promener !

SEIGNY JOAN.

Très-volontiers, j'y vais.

PANURGE.

Que ce fou-là s'en aille au diable !
Quand j'espérais en lui, bien fou j'étais.
Qui l'amena plus fol encor lui-même.
— Merci, dit Carpalim. — Votre mal est extrême,
Dit à Panurge alors Pantagruel,
Ayez recours à mon dernier remède,
Appliquons-le.

PANURGE.

Quel remède ? lequel ?

PANTAGRUEL.

C'est voyager.

PANURGE.

Partons, et Dieu nous soit en aide.

FIN DU DEUXIEME LIVRE.

LIVRE TROISIÈME.

——◦——

Voyage de Pantagruel.

—

PROLOGUE.

Gens de bien, où donc êtes-vous ?
Dieu vous ait en sa sainte garde !
Mais, cependant, plus je regarde,
Moins je vous vois ; attendez-nous !
Nous allons mettre nos lunettes,
Les lunettes font choses nettes.
Voyons, ah ! très-bien, vous voilà !
Hé donc, on m'a parlé déjà
D'une assez honnête vinée,
Qu'aurait cet automne amenée.
J'en suis aise, et vous avez là
Pour bien des maux trouvé remède.
Et la santé , toujours bien va?
Le Seigneur vous vient donc en aide?
Continuez, tout ira bien.
Quant à moi, merci, je n'ai rien,
Rien de mal, — et que Dieu de gloire

En soit comblé ! — Sain et dispos,
Je ne me fais pas d'humeur noire.
Quand le vin sera dans les pots,
Vous me verrez prêt à le boire.
Car, voyez-vous, le médecin,
Pour nous inspirer confiance,
De corps au moins doit être sain,
Et le Maître par excellence,
A l'hypocrite pharisien
Qui plein d'une impudence extrême
Prêchait les autres, — dit fort bien :
Médecin, guéris-toi toi-même !
De moi vous ririez, et combien,
Si portant une mine blême
Buvant de l'eau, faisant carême,
Je vous disais : Pauvres goutteux,
Pauvres malades langoureux,
Que ronge la mélancolie,
Plus triste que la maladie,
A me lire je vous convie !
Si je ne vous guéris, ma foi,
Je veux, par joyeuse science,
Vous faire oublier la souffrance, —
Vous n'auriez confiance en moi.
Or donc, c'est par état, calcul et préférence,
Que je suis bien portant, ajoutez-y la chance.
   De mon avis Asclépiade était;
Il voulait ne passer pour maitre en médecine

Si jamais d'un malade il avait eu la mine,
Depuis qu'il desservait Esculape; et, de fait,
Il eut une très-verte et très-longue vieillesse;
Et, si ce n'eût été par un effet du sort,
    Peut-être il ne serait pas mort;
Mais son pied rencontrant une marche traîtresse,
Dont les soutiens étaient pourris et vermoulus,
Il tomba rudement, et depuis il n'est plus.
  A moi venez en toute confiance,
  Mes bons amis, si voulez allégeance.
  Ou, pour mieux dire, à mon libraire allez;
  Demandez-lui la médecine unique
  Et savoureuse, et pantagruélique,
  Et de payer en prenant n'oubliez;
  Avec cela ne perdez espérance,
  Car de guérir vous avez toute chance.
  Puis, après tout, qu'est-ce que demandez?
  De la santé? Quoi de plus raisonnable?
  Souhait modeste est seul réalisable!
  — Dans Israël un prophète, jadis,
  Avait un fils, or, les fils de prophète
  Etaient alors ce que fils de poète
  Sont de nos jours, d'argent très-peu fournis.
  Celui-ci donc de l'aire paternelle
  Sortit un jour pour couper un fagot,
  Encor faut-il entretenir son pot,
  Et puisqu'enfin l'enveloppe mortelle
  Nous fut donnée, il faut l'alimenter.

Sur les flots du Jourdain un olivier sauvage
Etendait ses bras morts, dépouillés de feuillage,
C'était là son affaire, et, sans plus hésiter,
    Notre enfant se met à l'ouvrage,
  De sa cognée il entame un rameau.
  Mais, tout à coup, le fer au loin s'envole
  Vers le Jourdain, et disparaît sous l'eau.
  De l'accident jugez s'il se désole !
« O Seigneur ! sans souper pourriez-vous donc, dit-il,
  Laisser ainsi se coucher un prophète? »
  En achevant son oraison, il jette
  Dans le Jourdain le manche de l'outil,
  Comme l'on jette au feu chose inutile.
  Mais à l'instant de l'abîme, dit-on,
  Le fer s'élève et s'emmanche au bâton,
  Puis vers l'enfant une vague docile
  Rapporte ainsi le fer tout emmanché.
  Si de son vœu le Seigneur fut touché,
  C'est qu'il était surtout humble et modeste,
  Aussi fut-il satisfait et de reste.
  Mais le Seigneur l'aurait-il écouté
  S'il eût de Job envié la richesse,
  Ou de Samson la vigueur et l'adresse,
  Ou d'Absalon la grâce et la beauté? —
  Mais à propos de souhait raisonnable
  Et de cognée, écoutez une fable
  Qui me revient, Esope le François
  A nos aïeux la contait autrefois.

Je dis François, parce que de Phrygie
Il fut natif (et nos aïeux, dit-on,
Viennent de là), certains disent que non,
Et qu'il naquit dans la Thrace; on le nie
D'une autre part; Hérodote nous dit
Que dans Samos, au contraire, il naquit.
Mais c'est pour moi tout un et peu m'importe.
Or, de son temps, un pauvre villageois,
Et l'on en voit beaucoup de cette sorte,
Allait chercher sa vie au fond des bois,
Trouvant de quoi juste manger et boire,
Car il était bûcheron, dit l'histoire;
Mais il vivait ainsi cahin caha.
Fouillatris fut le nom de celui-là.
Advint un jour qu'il perdit sa cognée.
Qui fut marri? ce fut le pauvre humain,
Car sa cognée était son gagne-pain;
Deux jours après, si la mort renfrognée
Sans sa cognée eût trouvé dans ces lieux
Le bûcheron, avec sa faux fatale,
Elle eût cerclé le pauvre malheureux.
De Fouillatris la peine est sans égale,
On le vit donc et gémir et pleurer,
Maître Jupin implorer et prier.
A deux genoux, se mettant dans la poudre,
Il étendait ses bras, levait les yeux
Vers Jupiter : « O souverain des dieux,
Lui criait-il, je ne veux pas ta foudre,

Mais ma cognée, une cognée à moi,
Elle, ou l'argent pour en avoir une autre.
O ma cognée ! est-ce donc fait de toi ? »
Notre homme ainsi disait son patenôtre.
Mais Jupiter en ce moment siégeait
Dans sa grand'chambre et conseil y tenait.
Il s'agissait d'affaire assez urgente :
Le vieux Saturne alors parlait, je croi.
De Fouillatris la voix fut si ronflante,
Que tous les dieux en eurent de l'effroi.
« Qui donc là-bàs parle de cette sorte ?
Dit Jupiter. Se moquent-t-ils de nous
Tous ces mortels ? que Satan les emporte !
Et je devrais les lui renvoyer tous.
Ils sont vraiment de terrible exigence,
Et lasseront un jour ma patience.
N'avons-nous point vidé tous leurs débats ?
Le sultan et le schah se disputaient l'Asie,
Nous avons fait la paix entre ces potentats.
Puis, du Tartare et du czar de Russie
Nous avons, avec soin, limité les Etats.
Nous avons répondu sur la double requête
Du shérif de la Mecque et du grand-prêtre Hans.
Le dey d'Alger avait fini son temps,
Nous l'avons remplacé. Qu'est-ce que l'on souhaite ?
Seraient-ce par hasard les peuples allemands ?
Quoi ! de leurs libertés sont-ils toujours en quête ?
Ils font abus de crier : Aux abus !

C'est peut-être à Paris, en pleine académie,
Maître Galland beuglant contre maître Ramus.
Pour qui dois-je pencher? L'un comme l'autre crie.
Lequel l'emportera? Si l'un a des écus,
L'autre veut en avoir; l'un sait, l'autre n'ignore;
L'un aime gens de bien et l'autre en est aimé.
Dites-moi, Priapus, que dois-je faire encore?
Jadis de vos conseils je me suis bien trouvé. »
Lors Priapus levant sa tête enluminée,
Ote son capuchon, et dit : « Roi Jupiter,
Avec ces deux savants il vous faut en user
Comme autrefois, aux yeux de la Grèce étonnée,
Vous en usiez avec le chien du noir Vulcain
Et le renard de Bacchus, dieu du vin.
    — Quoi, quand, comment, où me trouvai-je?
Dit Jupiter, et comment en usai-je ? »
Pauvre cerveau, dit tout bas Priapus :
Ce roi Jupin baisse de plus en plus.
« Le dieu Bacchus, si digne de louange,
Eut à se plaindre un jour de vos Thébains,
Ces gens avaient mis de l'eau dans ses vins.
Il les punit d'une façon étrange
En suscitant un renard malfaisant,
Qui dévastait en tous lieux et vendange
Et poulaillers du pauvre paysan,
Sans que jamais on pût s'en rendre maître.
En ce temps-là, Vulcain fondit un chien
Bien fait et beau, de cuivre corinthien,

Tant le souffla qu'enfin lui donna l'être ;
Il vous en fit hommage incontinent.
Europe alors ne vous était cruelle ,
Et de ce chien vous lui fîtes présent.
Bientôt après, ne sais pourquoi, la belle
L'offre à Minos, qui sans façon le prend,
Puis le donne à Procris, et Procris à Céphale
Le donne enfin. Du sort la loi fatale
L'avait voulu, devant ce chien fameux
Rien ne tenait, gibier ou jeune ou vieux,
Il prenait tout, aux avocats semblable,
Rien n'échappait à sa griffe, à sa dent.
Il rencontra le renard cependant,
C'était celui que l'on fit imprenable.
On vous soumit ce cas embarrassant,
Il m'en souvient, vous suâtes d'ahan,
Sans rien trouver pour vous tirer d'affaire;
Le chou cabus naquit dans ce temps-là
De la sueur qui du front vous coula.
Enfin par mon conseil vous changeâtes en pierre
Le renard et le chien, c'est ce qu'il vous faut faire
De nos docteurs. — Vous les favorisez,
Maître Priape, et pour eux agissez.
Ces deux savants, amoureux de la gloire,
Voulant surtout prolonger leur mémoire,
Aiment bien mieux, suivant votre conseil,
Marbre rester que devenir poussière
Après leur mort.... Messager sans pareil,

Ami Mercure, avisez sur la terre
  Ce qu'il en est et d'où viennent ces cris. »
A la trappe des cieux le dieu court et regarde,
Puis revient aussitôt : « Il n'y faut prendre garde,
C'est, dit-il à Jupin, le père Fouillatris.
Une cognée usée, ébréchée et rouillée
Est cause de ses cris ; dans le bois l'autre soir,
  En revenant de cueillir sa ramée,
Il la perdit, et veut la tenir et l'avoir
  De votre main. » La cause ridicule
  De tant de bruit fit retentir les cieux
    Du rire homérique des dieux.
Lorsqu'en un coin où la mouche pullule
Descendent les rayons d'un soleil bienfaisant,
  D'aise on entend rire ainsi la peuplade
  Des moucherons. « Il faut au camarade,
  Dit Jupiter, rendre dès à présent
  Son gagne-pain, ainsi la Destinée
  L'a résolu, quand même la cognée
  Pourrait valoir le duché de Milan ;
  A ce pauvre homme elle est indispensable :
  Le Milanais est loin de l'être autant
  A ces deux rois qui disputent en diable
  A qui l'aura. — Mercure, descendez,
  Présentement à Fouillatris tendez
  Sa hache et puis deux autres avec elle,
  Mais ces deux-là seront d'or et d'argent ;
  De toutes trois vous lui ferez présent,

S'il a la bonne foi de s'en tenir à celle
  Qui fut à lui ; s'il agit autrement,
  De son outil frappez-le rudement. »
  Et cela dit, le maître du tonnerre
  Faisant la lippe, agitant sa crinière,
  A grimacé comme un singe gourmand,
  Qui de son maître a pris la médecine.
  Ainsi Jupin fit une affreuse mine,
  Qui mit en branle Olympe et firmament.
  Mercure alors saisit ses talonnières,
  Sa capeline et son petit chapel,
  Son caducée, et de toutes manières,
  Bien accoutré, par la trappe du ciel
  Il disparaît, s'élance vers la terre,
Fend le vide de l'air et, presque au même instant,
  Touche le sol comme une ombre légère,
  Puis apparaît au bûcheron tremblant,
  Et lui jetant aux pieds chaque cognée :
  « Ami, dit-il, c'est crié bravement !
  Près de Jupin ta cause est donc gagnée,
  Mais d'autres gens ont perdu dans ce bois
  Leur gagne-pain ; or il faut que tu saches
  Qu'en même temps j'ai trouvé ces trois haches.
  Regarde bien, et celle que tu crois
  Etre la tiennne, en ton logis l'emporte. »
  A celle d'or notre homme se prenant :
  « Elle est, dit-il, bien pesante et bien forte,
  Ce n'est la mienne. Il laisse également

Celle d'argent.

Mais avisant la sienne, avec joie il remarque
Au bout du manche une certaine marque
De lui connue : « Ah pardi ! la voici,
Laissez-la-moi, je vous promets ici
De vous offrir demain en sacrifice
Un bon grand pot de lait pur de genisse.
— Garde-la donc, dit le fils de Maya,
En même temps prends aussi les deux nôtres.
Te voilà riche et plus que beaucoup d'autres,
Mais reste honnête, autant que faire se pourra. »
Au grand Jupiter, à Mercure,
Fouillatris rend grâce humblement ;
Puis il attache à sa ceinture
La vieille cognée, instrument
De son bonheur, — et du riche bagage
Sur chaque épaule se chargeant,
Il retourne vers son village.
Puis, aux voisins tout ébahis,
Qui se pressaient sur son passage,
Il répétait : « En ai-je, amis ? »
Le lendemain d'un pas agile,
Couvert de ses moins vieux habits,
Chargé de son trésor, il se rend à la ville,
C'était la ville de Chinon,
Une ville de grand renom,
Ville unique en magnificence,
Ville enfin où j'ai pris naissance.

En cette ville donc il changea vitement
    Le riche présent de Mercure
    Contre de l'or et de l'argent ;
    Puis il convertit en nature
    Les écus qu'il en rapporta.
    Force troupeaux il acheta,
    Force champs, belle métairie,
    On dit même une seigneurie.
    Tout à coup maître Fouillatris
    Devient le richard du pays,
Et maintenant chacun lui porte envie,
Lui que chacun regardait en pitié.
Il vivait autrefois avec économie,
    Et dépensait son gain plus qu'à moitié.
    D'où lui venait une telle fortune ?
    N'aurait-il point, par rencontre opportune,
    Trésor trouvé ? mais quel jour, en quel lieu ?
    Enfin de lui les gens surent la chose.
    « Quoi, dirent-ils, il se pourrait, grand Dieu !
    Que sa fortune eût une telle cause !
Quoi ! perdre sa cognée, il ne faut que cela
    Pour être riche ou misérable !
    Puisqu'il en est ainsi, de par le diable,
    Cognée, allons, puisque cognée on a,
On vous perdra, ma mie, oui, ne vous en déplaise... »
Chacun perdait la sienne alors bonne ou mauvaise ;
    Chacun aussi bûcheron se faisait.
    Pour acheter et puis perdre cognée,

Le gentillâtre engageait son épée,
En bûcheron se métamorphosait,
Puis il criait à son tour : « Ma cognée,
Grand Jupiter ! oh ! ma cognée, hélas !
Je l'ai perdue ! » Et c'était un fracas
Dont Jupin eut l'âme indignée.
Jamais dans son malheur le pauvre Fouillatris
N'avait poussé tant lamentables cris.
Mercure ne se fit attendre.
Aux perdeurs de cognée il apportait au choix
Celles d'argent, d'or et de bois ;
Mais chacun d'eux ne manquait de se prendre
A celle d'or, — et comme il se courbait
Pour la saisir, Mercure le frappait.
On compta donc de têtes pourfendues
Tout juste autant que de haches perdues.
Or vous pouvez de santé faire vœu,
Souhait permis à qui tient maladie,
Souhait modeste et légitime envie,
Dieu vous exaucera, s'il veut.
En attendant, secouez bien l'oreille,
Buvez trois coups et vous oirez merveille
Du beau, du grand, du bon Pantagruel.
Encore un mot pourtant : je connais tel
Qui bien a pu, par méchanceté pure,
Vous assurer que d'hérésie impure
Mon livre est plein. S'il en était ainsi,
Je serais homme à le brûler moi-même,

A me brûler moi-même avec aussi.
Les envieux l'on dit, mais c'est noirceur extrême,
Non que pour eux ce livre en tout soit sans appas,
  Mais ils font là, comme sainte Nitouche
  Crachant au plat, afin que nul n'y touche.

  Pour surveiller, disait-il, leurs repas,
  Un médecin dînait chez ses malades.
  Il leur laissait les choses les plus fades,
  Leur défendait l'aile de chapon gras,
  Et leur faisait le croupion redoutable ;
Il buvait seul le vin qu'on mettait sur la table,
  De la volaille il permettait le cou,
  Mais sans la peau, car il l'aimait beaucoup.
  N'écoutez donc tous ces niais critiques,
  Fous, enragés, envieux, lunatiques;
  Vous les verrez alors courir les champs,
  Battre pavé, se noyer ou se pendre.
    Laissez faire, et si ces méchants
    Cherchent licous, sans plus attendre
  Envoyez-les chez moi, je donnerai
  De la ficelle autant que j'en aurai.
  Mais cependant que leur clique se presse,
  Car, et c'est là condition expresse,
Avant la fin du mois s'ils en finissent tous,
  Passé ce temps, on paye les licous

I.

Ici commence la narration du voyage de Pantagruel.

Depuis cinq jours ayant quitté la terre,
On ne voyait que la mer et les cieux,
Quand tout à coup apparut à nos yeux
A l'horizon une tache légère,
Elle grandit en s'approchant de nous;
   Joyeux, nous reconnûmes tous
Un fort vaisseau, non pas vaisseau de guerre,
Mais bien marchand; nous fîmes maints signaux,
Il vint à nous voguant à pleines eaux,
Et des deux parts grande fut l'allégresse.
Nous leur donnons nouvelles du pays.
C'étaient des gens tous natifs de Gonesse,
Y retournant, d'écus très-bien fournis.
Nous nous rendions visite mutuelle
Quand s'éleva certain débat fort chaud
Entre Panurge et maître Dindenaut,
L'occasion de ce débat fut telle :

    DINDENAUT (*à demi-voix à un mousse*).

Quelle figure est-ce donc que je vois?
Quel est cettui qui marche sans braguettes
De ce côté, qui porte des lunettes
Sur son bonnet? Il montre, par ma foi,
   Le vrai portrait d'un cocu.

PANURGE (*qui entend clair à cause de ses lunettes*).

Cocu, moi?
Comment cela se peut-il faire?
Je ne suis point marié, tu l'es, toi,
Si l'on en croit ta mine atrabilaire.

DINDENAUT.

Oui, je le suis, que t'importe, et de quoi
Te mêles-tu, grand lunettier du diable?

PANURGE.

Cela peut m'être en ce point agréable,
Si n'es cocu, tu peux le devenir,
Et par mon fait; moi, malgré ton désir,
Mon pauvre ami, ne te serait loisible
De me payer de la même façon;
C'est, vois-tu bien, l'ami, chose impossible,
Puisque je suis et veux rester garçon.
Mais va, sans moi, ton affaire est bien faite.

DINDENAUT.

Par Dieu! tu mens, visage de belette!
Non, je n'ai point l'étoffe d'un cocu,
Mais j'ai des bras pour donner étrivières
Aux insolents qui s'y frottent, vois-tu.
Je veux tes deux oreilles lunettières,
Je les aurai, défends-les, défends-toi....
Panurge alors s'enfuit criant : A moi !
Et l'autre, plein d'une ardeur meurtrière,

Cherchait en vain à dégaîner son fer,
Qui, tout rouillé par le sel de la mer,
Se refusait à servir sa colère,
Quand, par bonheur, survient le révérend.
Jean apaisa bientôt le différend,
Et demandant un cruchon et deux verres,
Fit avec lui trinquer les adversaires.
Pour le moment, tout parut s'arranger.

PANURGE.

Vous êtes donc marchand? Si je puis en juger,
Vous vendez des moutons.

DINDENAUT.

               J'importe en Normandie
Des moutons du Thibet pour les acclimater.
J'ai risqué pour cela ma fortune et ma vie;
Mais sur un plein succès je crois pouvoir compter,
Et serai bien payé de toute ma fatigue.

PANURGE.

Je le crois, ces moutons sont tous grands, gros et gras;
    Mais cependant une chose m'intrigue,
Sont-ils bons à manger? moi je ne le crois pas.

DINDENAUT.

Ils sont bons comme beaux.

PANURGE.

             J'ai grand'peine à le croire,
Et voudrais en goûter pour m'assurer du fait,
Voulez-vous m'en vendre un?

DINDENAUT.

Allons donc, quelle histoire !
Vous vous moquez des gens, et me faites l'effet
D'être un pauvre acheteur. Votre bourse doit être,
Pour acheter moutons, un peu plate, mon maître.
Aux gens de votre sorte il ne faut se fier,
   Et vous semblez, sur ma parole,
   Bien moins un homme à les payer
Qu'un de ceux-là dont la main nous les vole.

PANURGE.

Patience !...., voyons, vendez-moi celui-ci.

DINDENAUT.

Bon, ce mouton est le plus fin, merci !
Et vous ne savez pas que c'est surtout la laine
   Qui fait son prix, qu'en Europe jamais
   On n'en a vu de pareil.

PANURGE.

     Eh bien, mais
Je payerai, ne vous mettez en peine ;
Chair et toison ; combien en voulez-vous ?

DINDENAUT.

Ecoutez-moi, vous parcourez le monde ?

PANURGE.

Vous le voyez.

DINDENAUT.

Et votre esprit abonde
En gais propos.

PANURGE.

Il se peut.

DINDENAUT.

Entre nous,
Robin est nom de votre seigneurie?

PANURGE.

Vous plaisantez!

DINDENAUT.

Vous êtes fou du roi ?

PANURGE.

Il se peut bien.

DINDENAUT.

Touchez là, par ma foi.
Ainsi vous voyagez, menant joyeuse vie;
Vous êtes fou du roi, Robin l'on vous nomma,
Eh bien donc, le mouton ainsi que vous se nomme.
Dans un pesoir je veux vous mettre, on verra comme
De poids et de valeur sur vous l'emportera
Robin mouton. Quand on verra descendre
Le sien plateau, le vôtre montera,
Puis un chacun pourra vous voir suspendre

A la hauteur où, quand le jour viendra,
Maître Charlot ira vous pendre.

PANURGE.

Patience!... voyons, monsieur, Vous êtes gai,
Et plaisantez de façon agréable;
Très-sérieusement je vous achèterai
Ce mouton, car enfin il n'est pas impayable.
Combien en voulez-vous? j'ai de l'argent mignon,
Tenez, voyez plutôt.

DINDENAUT.

Ah! je ne dis pas non,
Mais c'est que mes moutons....

LE PATRON.

Finis ta comédie,
C'est par trop barguigner, vends-les-lui, si tu veux,
Ou bien ne les vends pas.

DINDENAUT.

Cependant je ne peux;
Mes moutons, voyez-vous, sont moutons, je parie,
Comme l'on n'en voit plus dans leur pays encor.
Robin mouton vaut bien trois beaux philippes d'or;
Quand je dis trois, ce n'est beaucoup, mon maître,
Pour tel mouton, ce n'est assez peut-être.

PANURGE.

Il me semble un peu cher, je m'en rapporte à vous,
J'en aurais pour ce prix cent des plus beaux chez nous;

Mais descendez dans votre conscience,
Ne seriez le premier, maître, à ma connaissance,
Qui pour trop d'âpreté son gain aurait perdu.

DINDENAUT.

Comment, comment, misérable tondu,
Est-ce que tel mouton dans ton pays rumine?

PANURGE.

Mon bon monsieur, ne vous emportez pas,
Là, voici votre argent.
      Le marchand examine
Avec soin les ducats; ils avaient bonne mine;
Le maître Dindenaut en fit beaucoup de cas,
Et, souriant, les mit dans sa grande escarcelle,
Puis Panurge choisit le mouton le plus gras,
Il le bat rudement; le pauvre mouton bêle,
Fuit son persécuteur qui s'acharne après lui;
Mais des autres moutons la cohorte le suit,
Criant, bêlant, courant par la même aventure,
Car imitation est instinct de nature
Chez les moutons; ou de force ou de gré,
  Robin mouton trouvant une ouverture
  Et de trop près par Panurge serré,
  Par là s'enfuit et va voir l'onde amère;
  Il est suivi de maint et maint confrère.
  Panurge alors retourne à son vaisseau
  Et laisse là le pauvre Dindenaut,
  Qui vainement à ses moutons s'attache,

Sans les sauver, car criant et bêlant,
C'était à qui premier irait sautant,
Lui tour à tour les retient et les lâche,
Quand, tout à coup, le bélier survenant,
Notre marchand au moins veut sauver cette bête,
Car du troupeau c'est le plus important,
Mais le bélier à son projet s'entête,
L'animal tombe et le marchand aussi,
Et tous les deux dans l'Océan vont boire...
Depuis ce temps plus n'en dit rien l'histoire.

II.

La tempête.

Pendant qu'il en était ainsi,
Il se faisait un grand remue-ménage
Et dans le ciel et parmi l'équipage,
Car le patron veillait au plus pressant,
Voyant venir certain grain menaçant.
Il commandait : « Alerte ! à la manœuvre,
Et que chacun mette la main à l'œuvre,
Voiles à bas, descendez l'artimon ! »
Il dit enfin ce qui lui sembla bon.
Voilà soudain l'Océan qui commence
A se gonfler, et puis l'abîme au fond
Gronde et s'émeut, puis la vague s'élance
Et bat les flancs du navire agité ;

L'aquilon siffle à travers les antennes,
   Tous les vents ont brisé leurs chaînes ;
La foudre gronde au loin dans le ciel irrité
    Qui vomit éclairs, pluie et grêle,
    Le ciel se confond et se mêle,
   Et l'air devient opaque et sans clarté,
  Le jour nous vient seulement des nuées
    Flamboyantes et déchirées
    Par la foudre et par les éclairs.
De monstrueux typhons s'élèvent dans les airs,
Du sein de l'Océan, les montagnes liquides
Rattachent leurs sommets aux nuages humides,
    Quand leur pied baigne dans la mer;
   Puis, tout à coup, la montagne se penche
    Et l'épouvantable avalanche
   Retombe avec un bruit d'enfer.

PANURGE.

   Oh ! que ne suis-je en pleine terre!
   Oh ! trois et quatre fois heureux,
Ceux qui plantent des choux! Que ne suis-je comme eux?
    Pourquoi, par le destin sévère,
De ces planteurs de choux le nombre est-il borné?
   Parmi ces gens, pourquoi ne suis-je né?
Oh ! quand ceux-là du moins ont un pied sur la terre,
L'autre n'en est pas loin; sur la félicité
    Que l'on dispute et qu'on raisonne,
    Rien ne vaut leur sécurité.

Planteurs de choux, ne jalousez personne !
Ainsi que moi, Pirrhon fut un jour en danger ;
    Etant au plus fort de l'orage,
    Il vit un cochon au rivage
    Je ne sais quoi d'épais manger.
A ce cochon Pirrhon alors portait envie.
    « Que celui-là, disait-il, est heureux
    Et qu'il mène une belle vie !
    Il est à terre et mange pour nous deux. »
    Oui, quoi qu'en disent les bravaches,
    Rien ne vaut le plancher des vaches.

      A l'aide, au secours,
      La vague m'entraîne !
    O frère Jean ! mon seul recours,
Je noie, ô frère Jean ! prends pitié de ma peine !
    Je demande confession,
    Ta sainte bénédiction,
    Puis entière absolution ;
    J'embrasse vos genoux, mon père,
    Ne repoussez pas ma prière.

JEAN DES ENTOMURES.

Que me veux-tu donc, grand pleurart ?
Mais, par le grand diable cornard,
Que n'aides-tu pour la manœuvre ?

PANURGE.

Ah ! frère Jean, ne jurons pas,
Ce n'est pas faire une bonne œuvre.

9

Jure-t-on si près du trépas?

Demain, tant qu'il pourra vous plaire

Vous jurerez. Qui me mettrait à terre

Me rendrait grand service, et je lui donnerais

Tout ce que je possède.

JEAN.

Ah diable!

Ici, Gymnaste! Ah! voici du mauvais!

Le fanal s'est éteint, quel temps abominable!

On ne voit plus ni ciel ni mer,

Ah! mille millions de légions d'enfer!

PANURGE.

Ah bou! ah bou! Tenez-moi bien, je noie;

Je suis brisé. Quoi! faut-il que je voie

Arriver une telle mort!

A tous mes ennemis, Seigneur Dieu, je pardonne.

Sauve-moi de ce triste sort,

O grand saint Nicolas! que faut-il qu'on te donne?

Ecarte ce péril, je te ferai bâtir

Une magnifique chapelle.

JEAN.

Si tu ne te tais point, courage de femelle,

Par Lucifer! je t'en fais repentir!

Est-ce ainsi qu'à nos gens tu donnes du courage?

LA FOUDRE.

Trapatatras!

JEAN.

C'est bien tonné, vraiment.
L'enfer fait ici son tapage;
C'est de Satan la voix assurément.

PANURGE.

Frère Jean, vous jurez, et cela vous soulage;
Mais cela damne, et ce n'est le moment.

JEAN.

Il radote, ce pauvre hère!
Là, Ponocrate, à vous, la lame vient à vous,
Le cabestan est en pièces..... Misère!
Les éléments se liguent contre nous.

PANURGE.

Que ne suis-je à la Cave-Peinte,
Chez Innocent, pâtissier à Chinon!
Quand je devrais quitter mon hoqueton
Pour cuire au four, je le ferais sans plainte.
Le valet d'Innocent est un heureux mortel!

LE PILOTE.

Accapaye! accapaye! ho! démanche le heaume...

— En sommes-nous donc là? se dit Pantagruel.
Il n'est aucune force d'homme
Qui puisse nous sauver. Que chacun pense au ciel,
Et veille au salut de son âme.

JEAN.

Mon bréviaire, vite, cherchez,
Il me le faut, je le réclame.
Par Proserpine, dépêchez !

PANURGE.

Hélas ! mon frère, Jean, mon frère,
Bien à crédit vous vous damnez ;
J'y perds un bon ami. — Mon père,
Au moins confessez-moi ; venez ;
Hélas ! ni prêtre, ni notaire.
Il me faudra mourir vraiment,
Non confessé, sans testament.

PANTAGRUEL.

Seigneur, que ta miséricorde
S'abaisse un moment jusqu'à nous,
Et que ta bonté nous accorde
Notre salut ; nous le demandons tous,
Soit pour ce monde, soit pour l'autre.
Mais qu'il soit fait, non pas selon la nôtre,
Mais bien selon ta volonté...
Que tous les saints nous soient en aide.

LE PILOTE.

Ne désespérons pas du sort,
Notre mal n'est pas sans remède.
On entre en un courant qui peut conduire au port,
Le vent souffle avec moins de rage.

Que l'on vire le cabestan,
Mettez le heaume sous l'autan,
Haut la barre, allons, du courage !

PANTAGRUEL.

Courage, enfants ! le ciel entend nos vœux.
Mais je connais ce pleurart, il me semble.

JEAN.

C'est Panurge ! Le malheureux
A la fièvre des veaux, il tremble.

PANTAGRUEL.

Qu'il ait eu peur, je n'en suis pas surpris,
    La tempête était effroyable.
Panurge, pour cela, n'est digne de mépris;
S'il fut dans le danger utile et secourable,
S'il s'est bien employé, je ne l'estime moins.
Il est d'un lâche cœur de trembler à toute heure,
Mais rester insensible et ne prendre aucuns soins
    Quand le danger nous mène à la malheure,
C'est être un idiot, car s'il est ici-bas
Après l'offense à Dieu chose qu'on doive craindre,
Non, ce n'est pas la mort, mais, je le dis sans feindre,
Cette espèce de mort, car elle a peu d'appas,
    Elle est obscure et misérable.
Mais, grâce à Dieu, par un sort favorable,
    Nous n'avons personne à pleurer.
De vrai, notre ménage est assez mal en place,
    Mais cela peut se réparer.

PANURGE.

Allons ! allons ! l'orage passe,
Et grâce, au Seigneur, tout va bien.
Vivent les gens de cœur pour se tirer d'affaire !
Moi, voyez-vous, je ne crains rien !
A-t-on besoin de moi, dites, que faut-il faire ?
Bonjour, messieurs, comment est-ce qu'on va ?
Moi je vais bien, merci, je vous rends grâce ;
J'ai seulement grande soif, mais cela
Vient de la mer. — De rien ne s'embarrasse
Mon frère Jean : il boit, il se prélasse,
Le paresseux ! Ce n'était le moment
De se gaudir quand la foudre et le vent
Avec la mer contre nous faisaient rage.
J'approuve fort le mot de cet ancien
Qui se trouva, disait-il, toujours bien
De naviguer en longeant le rivage,
Ou promener tout auprès de la mer.
L'avis est bon, mais ici point ne sert.
Que faut-il faire ? où voulez-vous que j'aille ?
Le Seigneur Dieu dit à l'homme : Travaille,
Au poisson nage, aux passereaux volez,
Car l'homme, hélas, c'est la loi de nature,
De sa sueur trempe sa nourriture.
Et pourtant, si vous contemplez
Ce pénaillon de moine et sa fainéantise,
Vous croiriez tout cela n'être que vains propos.

JEAN.

Panurge, allons, pas tant de vaillantise,
  Et laisse-moi dans mon humble repos.
Oui, par mon froc, la peur te prend aux chausses
  Bien autrement que ceux dont tu te gausses,
  Et bien à tort, car ton destin, vois-tu,
N'est pas d'être noyé, mais bien d'être pendu.

PANURGE.

Cela se peut, mais point je ne m'y fie,
  Les cuisiniers se trompent quelquefois,
  Et tels oiseaux ils mettent en bouillie,
  Qu'on destinait à rôtir; et tu vois
  Que la perdrix parfois aux choux se mange,
  Mais, après tout, c'est toujours même sort,
  Noyé, pendu, peu m'importe le change !

LE PILOTE.

Oui-dà ! nous voici dans le port !

III.

L'île des Chicanous.

Or le navire, emporté par l'orage,
  Avait franchi des espaces sans fin
  Pour aborder une nouvelle plage,
  Que depuis lors on chercha, mais en vain.
  Le Créateur forma ce nouveau monde

En suscitant du vaste sein de l'onde
Par sa parole un immense archipel.
Trois siècles donc avant Pantagruel,
Des naufragés du pays de Parpaille,
Par la tempête également poussés,
 S'étaient établis et fixés
Dans ce pays, non sans livrer bataille
Aux habitants, sauvage nation,
Que pour son bien on rossa d'importance.
Les malheureux vivaient dans l'ignorance,
N'avaient du pape aucune notion,
Et de la poudre ignoraient la puissance.
On les soumit, on les catéchisa,
Et de la sorte on vous les divisa :
Une partie échut aux gens d'église;
On donna l'autre aux arbitres du droit,
A la noblesse une autre fut remise.
Notre vaisseau toucha juste à l'endroit
Que Procuration dans ce pays l'on nomme;
 Nous pûmes là séjourner quelque temps
 Pour nous refaire en tout, et voici comme
Nous avons pu reconnaître ces gens.
Les Chicanous habitent ces parages,
Sont à tout poil, polis, obséquieux,
Serviables même; ils feront de leur mieux
Pour celui-là qui, sachant les usages,
Payera bien en beaux deniers comptant;
Ils ont aussi fort étrange manière,

Dans ce pays, de gagner leur argent,
Et des Italiens ils font tout le contraire.
Vous le savez, dans le romain pays,
On peut gagner honnêtement sa vie,
Lorsque l'on sait, par gentille industrie,
Assassiner ou battre à juste prix.
Des Chicanous ce n'est point là l'affaire,
Car plus ces gens sont roncinés, battus,
Plus dans leurs sacs ils entassent d'écus.
Voici comment : Si la gent usuraire,
Un avocat ou bien un procureur,
Veut mal de mort à quelque gentilhomme,
Tout aussitôt il lâche après son homme
Un franc Chicanous de malheur.
Tout aussitôt Chicanous verbalise;
Il cite, ajourne et fait mainte sottise,
Tant et si bien, que si le hobereau
N'est de son corps au moins paralytique,
Et n'est de sens plus stupide qu'un veau,
Pris d'un accès de rage diabolique,
Il ne se peut qu'à grands coups de bâton,
De Chicanous il n'abaisse le ton.
Pour Chicanous, c'est fortune assurée!
Coups de bâton valent moisson dorée
A ce maraud! — D'abord par l'usurier
De son grimoire il se fait bien payer,
Puis, pour les coups reçus du gentilhomme,
Il sait tirer une si grosse somme,

Que celui-ci se verra ruiner,
   Et, qui pis est, emprisonner.

PANURGE au cicérone.

Des Chicanous, de cette même graine,
Nous en avons dans notre beau pays,
Comme chez vous il en coûte grand prix
Pour bâtonner ces gens. —Cependant, en Touraine,
Le seigneur de Basché, qui fut un mien ami,
   S'en est tiré sans conséquence grave :
Il avait assommé pourtant plus qu'à demi
   Maints Chicanous.

PANTAGRUEL.

      Ce Basché fut un brave,
Si je ne faux.

PANURGE.

     C'est celui-là, seigneur,
Qui défendit le duché de Ferrare,
Et le sauva de l'horrible fureur
Du pape Jule. Or, le destin avare
Le ramenait peu riche en son pays;
Il avait fait une grosse dépense,
Et n'avait eu qu'une assez pauvre chance.
A son retour le voilà chicané,
Cité, mandé, sans relâche ajourné,
A l'appétit, volonté, jouissance
   Du gras prieur de Saint-Louant.
Le damp abbé jadis prêta la somme

Dont se servit le seigneur mécréant,
Pour guerroyer contre le pape, et comme
Il n'avait pu rembourser cet argent,
De cette occasion le prieur s'autorise,
Et pour plaider et pour venger l'Eglise.
Avec ses gens étant à déjeûner,
Basché (c'était un seigneur débonnaire)
Fit demander Loire, son boulanger,
La boulangère aussi, bonne commère,
Et maître Oudart, curé de ses vassaux,
Et, de plus, sommelier de la châtellenie;
Puis devant tous entama ce propos :
— « Mes bons amis, on me fait vilenie;
Vous le voyez, ces Chicanous maudits
Feraient damner les saints du paradis;
Si ne m'aidez, il faut que j'abandonne
Ce mien pays et puis que je me donne,
Soit au Soudan, soit au diable d'enfer,
Ce m'est tout un. » — Ses gens de s'exclamer :
« Dites, seigneur, dites, que faut-il faire?
— Quand ils viendront ainsi qu'à l'ordinaire,
Voici comment vous ferez, mes enfants :
Premièrement, votre femme et vous, Loire,
Vous couvrirez de riches vêtements;
Achetez-en, je solde le mémoire.
Vous, maître Oudart, prendrez vos ornements
Sacerdotaux, et que chacun s'apprête
A célébrer une noce au château.

Puis Chicanous arrivé, qu'aussitôt
On l'introduise, on l'invite à la fête,
Loire et sa femme en seront les héros,
Car nous feindrons de faire un mariage.
Quand aura lieu l'échange des anneaux,
Les assistants, ainsi qu'il est d'usage,
S'éjouiront avec force tapage,
Au son du fifre, au son du tambourin.
Tout en riant, chacun d'un air badin
Sur son voisin frappera la mesure,
Sur Chicanous qu'on la marque un peu dure,
Sans se fâcher pourtant, puis Chicanous,
N'en doutez pas, vous rendra coups pour coups,
Et les rendra, s'il peut, avec usure;
C'est ce qu'il faut. — Cet innocent ébat
Pour lui doit être un terrible combat.
Il vous faudra lui donner tablature ;
Vous semblerez entre vous tous lutter,
Mais tous les coups sur lui devront butter,
Car c'est pour lui que nous faisons la noce.
Frappez sur lui comme sur seigle vert :
Celui qui mieux le frappe, mieux me sert,
Mieux dînera celui qui plus le rosse,
En appétit il gagnera d'autant,
Quoi qu'il arrive après, j'en suis garant. »
Ce même jour, par volonté divine,
Gros Chicanous, tout rouge du museau,
Vint agiter la cloche du château.

On l'a bientôt reconnu sur sa mine,
A ses houseaux graissés avec du lard,
A sa jument, vieille, borgne et boîteuse.
A la ceinture il porte d'autre part
Un sac de toile, et sur sa main calleuse
On voit briller un gros anneau d'argent.
Enfin c'était de tout point un sergent.
Le portier prévenu sonne à la campanelle ;
Mons Loire et sa moitié ce signal entendant,
    Tout aussitôt font toilette nouvelle,
    Et maître Oudart endosse son surplis,
    Court à l'office et fait verser à boire
    Au Chicanous, puis lui conte une histoire.
        Pendant ce temps sont établis
    Orchestre, bancs, autel, buffets et tables.
    Chicanous boit, mais demande bientôt
    S'il ne peut voir le maître du château.
    « Vous le verrez, et vous serez bien aise,
    Car notre maître est dans ses bons moments :
    Nous allons faire une noce céans,
    Vous en serez, oui, ne vous en déplaise :
    Un bon convive est en un pareil cas
    Un vrai trésor, et vous ne boudez pas
Dans ces occasions, car vous avez la trogne
    D'un bon vivant. — Quand j'ai fait ma besogne
    Je ne dis pas, répond le Chicanous.
Auparavant il faut qu'au maître j'aie affaire,
Conduisez-moi vers lui, si cela se peut faire.

—Vidons ce pot, et puis je suis à vous. »
Le Chicanous, admis en la présence
Dudit Basché, fit belle révérence,
 Et puis le cita bien et beau.
Basché pour lui fut plein de politesse,
Il le choya, lui fit mainte caresse,
 Et lui donna quelqu'argent en cadeau;
Enfin, il le pria d'assister à la fête.
Dès l'abord tout parut au sergent fort honnête,
 Mais quand on fut au jeu des coups de poing,
  Ce passe-temps ne lui plut point.
Il riait toutefois, en rendant la gourmade
 Qu'il recevait de son riant voisin,
 Mais pour un coup il en empochait vingt.
 Le pauvre huissier s'en tira bien malade,
 Eut œil poché, tête en capilotade,
 Côte enfoncée à ce jeu de malheur.
 Dieu sait aussi de quel poing, de quel cœur
 Frappait Oudart, qui cachait sous la manche
 De son surplis un gantelet pesant.
Ses coups sur Chicanous pleuvaient en avalanche,
 Sous lui tomba le malheureux sergent.
 Chacun alors de vin et de grenache
 Vint l'asperger, le noyer sans relâche :
 Il en était enfin comme ivre mort.
 En cet état du castel on le sort;
 Tant bien que mal sur sa bête on l'attache.
 N'en pouvant plus et par l'instinct conduit,

Son animal le ramène chez lui,
Accommodé, refait à la tigresque,
Puis s'il vécut longtemps je ne le sais.
Après ce fait tout tragico-burlesque,
Maint autre fait suivit avec succès,
Puis Chicanous vinrent en compagnie
De robustes gaillards au bras lourd et puissant.
Toujours la troupe est au mieux accueillie,
Mais au plus mal on est en finissant,
On ne peut dire à qui de la bataille
Le tort revient. On avait fait ripaille,
Et puis après venaient les jeux de main,
Qui devenaient de vrais jeux de vilain.
Parfois aussi les commensaux du maître
N'étaient contents, n'ayant sujet de l'être,
Car plus d'un mauvais coup souvent leur revenait,
Mais ce n'était que mieux, car il fallait
Que l'on pût dire, en contant l'aventure,
De ces recors c'est méchanceté pure !
Ils ont payé par des coups le repas
Qu'on leur offrit. Et puis de ces combats
Ils revenaient en tel état d'ivresse,
Qu'ils n'avaient pu vaquer à leur emploi ;
Or, tout cela n'était de bon aloi.
Chez les sergents on n'eut aucune presse
De retourner en ce maudit château,
Car chacun d'eux y craignait pour sa peau.
Si Chicanous cherche les coups, en somme,

Ce n'est pour rien qu'il prétend qu'on l'assomme.
Si bien qu'enfin l'abbé de Saint-Louant,
Ne trouvant plus sous la main de sergent,
Prit le parti d'attendre son argent.

PANTAGRUEL.

Voilà qui serait bien, si ce n'était la crainte
D'offenser le Seigneur par semblable action.
De justice et d'honneur faisons profession,
Et que la charité surtout ne soit pas feinte.

LE CICERONE.

Nos gens sont en ces lieux les mêmes que chez vous,
Payez-les, ils viendront se présenter aux coups.

FRÈRE JEAN.

Ah! bienheureux Benoît, par ta botte éternelle,
J'en veux faire l'essai.
         Cela dit, frère Jean
  Prit vingt écus dans sa grande escarcelle,
  Puis, au milieu de ce peuple mouvant,
  Il s'écria d'une voix formidable :
  « Pour vingt écus, qui veut être battu?
  Je dis battu réellement, en diable? »
L'appel du frère Jean est bien vite entendu,
  Les Chicanous entourent le tondu,
  Chacun d'eux bruyamment lui crie :
    Moi, c'est moi, voici mon dos!
  Jean voyant si bonne envie

Parmi les rouges museaux,
En choisit un, mais le reste murmure,
Et j'entendis un jeune et maigre clerc
Qui se plaignait du ton le plus amer.
« Il ne se peut, disait-il, qu'on endure
Que celui-ci prenne tous les chalands,
Car s'il se donne en tout le territoire
Trente bons coups, pour nous il est notoire
Qu'il en souffle vingt-neuf à la barbe des gens. »
Mais ces discours venaient d'envie,
Honnêtement l'homme gagnait sa vie.
Je le crus assommé pourtant,
Car frère Jean le battait çomme quatre,
Et quand enfin il fut lassé de battre,
Il le paya ; puis mon voleur, content
Comme deux rois, ne se sentait plus d'aise.
Chicanous d'accourir disant : « Ne vous déplaise,
Monsieur le diable, à vous nous sommes tous,
Et s'il vous plait de battre, battez-nous.
Usez de nous sacs et papier et plume,
Pour vingt écus. » Pendant que chacun se consume
En vains efforts, rouge-bec, furieux,
S'écrie : «Eh quoi ! se peut-il que l'on vienne
Sur mon marché ? Vous n'êtes que des gueux !
Devant l'official je vous cite à huitaine. »
Puis, se tournant devers le révérend :
« Voyez, monsieur, si vous êtes content,
Je suis tout prêt, vous pouvez encor battre,

Pour la moitié du prix, s'il faut rabattre,
Pour rien, plutôt que de souffrir ces gens
Venir ainsi me souffler mes chalands. »
Mais frère Jean n'y voulut plus entendre.
Puis nous partîmes pour nous rendre
Au tribunal civil de la principauté.

IV.

Comment Bridoye rendait sentence impartiale.

Notre guide nous dit que le juge Bridoye
    Est un juge plein d'équité,
    Et tout embrouillé qu'on le croie,
    Tout procès est par lui vidé.
Il devait ce jour-là prononcer sa sentence
    Sur une affaire d'importance,
Et nous allions juger de sa sagacité;
  Nous arrivons, l'affaire était jugée;
  Bridoye était de chacun assailli.
  Le chancelier, d'une voix animée,
  Lui reprochait d'avoir failli,
Disant que son erreur n'avait aucune excuse.

BRIDOYE.

Avec le temps, je le vois bien, tout s'use;
  Je deviens vieux, mes yeux ne valent rien.
Quand je jette les dés, je ne les vois plus bien,
  Et j'aurai fait erreur, c'est chose sûre !

On ne peut me le reprocher,
Cela serait procès chercher,
Non à moi, mais à la nature.

LE CHANCELIER.

De quels dés parlez-vous?... comment?...

BRIDOYE.

Parbleu! des dés du jugement.
Jamais, après la procédure,
Je n'avais autrement jugé.
Jusqu'à présent de moi plus que d'un autre
On ne s'est plaint.

LE CHANCELIER.

Je n'aurais pas songé
A ce moyen ; car il n'est pas le nôtre.
Comment procédez-vous?

BRIDOYE.

Ayant vu, puis revu
Les pièces du procès, je pose sur la table
Les sacs du demandeur; à ce premier venu,
Je livre chance au préalable,
Après quoi je reviens aux sacs du défendeur,
Les mets en place et lieu du demandeur,
Lui donnant à son tour une chance semblable,
Et le plus fort en points a le gain du procès.

LE CHANCELIER.

Mais alors ce sont moqueries
Qu'écritures et plaidoires !

BRIDOYE.

N'en croyez rien! Dans le succès
Ce ne sont pas petites choses;
Elles sont bonnes pour trois causes :
La première est qu'on doit la forme respecter;
Secondement, rien n'est plus salutaire
Pour la santé que papiers feuilleter,
Vider les sacs et les cahiers coter,
En emplir des paniers, en dresser l'inventaire;
Rien, je l'avoue, à mon nez palatin
Ne vaut l'odeur aromatique
De ces papiers; troisièmement, enfin,
Le temps a vertu juridique,
D'un grand secours est son labeur;
Il mûrit les procès comme toute autre chose;
Par son moyen on les traîne en longueur.
Quand enfin se juge la cause,
Celui qui perd s'applaudit en son cœur
De voir finir ce procès de malheur,
Car ce serait une haute imprudence
Que terminer procès à sa naissance.
Un médecin, avant qu'il ne soit mûr,
Ne doit percer abcès qui vient de naître.
A jeune ourson qui peut rien reconnaître?
C'est quelque chose et d'informe et d'obscur;
Mais quand il est bien léché par sa mère,
Il prend figure et devient bel ourson.
Ainsi procès n'a point bonne manière

S'il n'a des sacs et de toute façon ;
Alors seulement on peut dire
Qu'il est membru, formé, qu'il a griffes et dent.
Tout cela vient avec l'argent
Qu'à ces pauvres plaideurs chacun de vous soutire,
Huissiers, greffiers, appariteurs,
Juges, avocats, procureurs.
Quand le procès a forme régulière,
Je prends mes dés et termine l'affaire. »
Bridoye ainsi parla. — Le chancelier
Le fit chasser à l'instant de la chambre,
Le déclarant indigne d'y siéger,
Et de la cour il cessa d'être membre.
Pantagruel, Panurge et frère Jean
Réfléchissaient, tout en s'en revenant.
Pantagruel convenait qu'à grand'peine
Y suffisait l'intelligence humaine,
Quand il fallait trouver la vérité,
Qu'habilement déguise le mensonge ;
« Et, disait-il, j'excuse, quand j'y songe,
Bridoye, en sa simplicité,
Qui s'en fie à la Providence
Plutôt qu'à l'humaine science,
En considérant les édits
Qui, tous entre eux se contredisent,
La fraude des plaideurs, des avocats maudits,
Qui pour argent de tout médisent,
Selon qu'ils ont besoin de faire voir

Le noir en blanc ou bien le blanc en noir.
Vous le savez, chacun vous le concède,
Il n'est cas si mauvais qu'au palais on ne plaide.
Sans avocats, juges, ni procureurs,
Vous n'auriez plus ni procès ni plaideurs.
Sans eux la vérité paraîtrait toute nue,
Et le bon droit sauterait à la vue.
Or, quand je vois ce juge se fiant
Au juste ciel et son aide invoquant,
Je le trouve, pour moi, plus près de la justice
Que ce juge infidèle et pétri d'avarice
Qu'on voit impudemment forfaire à son honneur,
Vendre les lois au plus enchérisseur,
Et son raisonnement est plein d'exactitude
Quand il prétend aussi que mieux vaut retarder
Un jugement que le précipiter.

V.

Comment on arrange les procès.

« Lorsque des lois je poursuivais l'étude,
Un laboureur, homme probe et malin,
Près de Poitiers passait pour un vrai sage,
Le nom dudit était Perrin Dandin.
Très-bon vivant, il chantait au lutrin.
Par sa conduite ainsi que par son âge,
Notre homme avait grand crédit au village.

Il arrangea dans son temps des procès
Plus qu'en dix ans on n'en vide au palais,
Cela surtout le rendait respectable.
Ce n'était pas un légiste capable,
Je vous l'ai dit, et jamais il ne fut
Qu'homme de bien et pour tel reconnu.
Il menait les plaideurs au cabaret ; à table
Tout en trinquant, l'affaire s'arrangeait,
Et la dépense, après, se partageait.
Il n'était pas sans lui de fête convenable.
Il eut un fils d'humeur en tout semblable ;
Pour le prochain il avait même amour,
Comme son père il voulut à son tour
Arranger les procès, mais il ne put rien faire,
N'arrangea rien et souvent, au contraire,
Les gens étaient aigris et couraient chez l'huissier
En le quittant ; aussi le tavernier
Disait qu'au temps où s'en mêlait le père,
Il vendait plus de vin en un jour qu'en un an
Depuis que le vieillard n'arrangeait plus d'affaire.
Le jeune homme à Perrin se plaignait cependant
De la perversité de la nature humaine,
Qui toujours allait empirant.
« Vous perdriez aujourd'hui votre peine,
O mon père, à vouloir concilier des gens
Si méchants.
—Ton erreur, mon enfant, dit le père, est profonde,
Car pour que le succès à l'attente réponde,

Tout dépend du moment, et tu réussirais
Si tu ne prenais pas au début les procès,
Quand ils sont verts et crus, comme c'est ta manie.
 Lorsqu'a traîné la maladie,
 Trois fois heureux le médecin
 Qu'on appelle à la fin,
Car souvent la santé renaît comme il arrive ;
 Il en a l'honneur, puis le gain.
De même nos plaideurs ; leur ardeur est moins vive
Quand leur bourse tarit ; il ne leur manque alors
 Qu'un tiers pour arranger l'affaire,
 Car les ouvertures à faire
De lui viendront. En de pareils discords,
Les deux plaideurs par une fausse honte
Sont retenus ; ils croiraient sur leur compte
Prendre les torts en proposant la paix.
J'arrive alors, et finis le procès.
Sache-le bien, une grande colère
Du premier coup ne se calme, au contraire,
Elle s'accroît quand on veut l'arrêter
Dans son essor. — Un fils de la Garonne
Au lansquenet s'était fait éreinter,
Tout furieux, en son humeur gasconne,
 Ses compagnons il provoqua,
Mais en vain, les joueurs jouaient ; il s'en alla,
 Et ne sachant que faire, il se coucha.
 Or celui-là qui gagna sa finance,
Quand sortit le Gascon vit retourner la chance ;

Non seulement il perdit tout son gain,
Mais il vida complétement sa bourse.
   Se trouvant à bout de ressource,
   Il pense au Gascon, et soudain
   Il va droit frapper à sa porte.
« Holà, dit-il, me voici maintenant !
« J'ai comme toi perdu tout mon argent,
   « Et tu me vois aigri de même sorte.
« Viens, nous verrons, puisque c'est ton humeur,
   « Si nos aciers sont de même longueur. »
Mais le Gascon lui répond : « C'est dommage,
« Je suis couché, demain il fera jour. »
Voyant cela, l'autre dormit de rage.
Le lendemain Gascon de venir à son tour,
   Mais le sommeil a calmé leur courage,
   Et nos héros s'en vont au cabaret
   Signer la paix en buvant du clairet. »

VI.

Quelles bêtes c'étaient que les chats-fourrés.

Avant de quitter cette terre,
On voulut nous mener dans une ville austère
   Qu'on nomme *Condamnation*.
Des chats-fourrés c'est la possession.
Pantagruel ne se souciant guère
D'aller plus loin, au vaisseau retourna.

Grippeminaud, l'archiduc, ordonna
Que l'on nous mît tous à la même chaîne,
Prétendant qu'un de nous avait, sans bonne foi,
A je ne sais plus qui vendu je ne sais quoi,
Car, de l'objet vendu suspectant l'origine,
    On accusait le vendeur de rapine,
    D'assassinat peut-être, que sait-on?
    Quoi qu'il en soit, ce sont d'horribles bêtes,
    Ces chats-fourrés; ils sont friands de têtes,
    Leur archiduc en est surtout glouton.
    Par le dedans ils portent leur fourrure,
    Double escarcelle ils ont à la ceinture,
    Leurs griffes sont d'une telle longueur,
    Que rien n'échappe à leur cruelle atteinte.
    Dans leur patois méchanceté de cœur
    C'est la vertu; la trahison, la feinte,
    C'est loyauté; le vol, l'assassinat,
    C'est leur justice; ils font un grand dégât,
    Ils grippent tout et de tout ils font ventre
    Et font le mal d'instinct, avec plaisir.
    Dans son entier rien ne sort de leur antre.
    Leur passe-temps est de faire souffrir,
    De mutiler, décapiter et pendre,
    D'emprisonner, torturer, ruiner,
    Déshonorer tous ceux qu'ils peuvent prendre.
    Tout mal vient d'eux, on ne peut le nier.
Ce qui fait leur salut, c'est l'ignorance crasse
    Du populaire. Ah! lorsqu'il y verra,

Il ne sera châtiment ni menace
Qui puisse l'arrêter, rien ne les sauvera.
Du peuple ils subiront la trop juste vengeance,
Ces maudits chats-fourrés grilleront à leur tour,
Ainsi qu'ils font griller les autres chaque jour,
    Dans leur coupable intolérance.
A défaut des humains le ciel doit s'en charger,
Nous soustraire à leurs coups, les perdre et nous venger,
Puisque ce peuple sot ne se croit la puissance
De les anéantir ou n'en a souciance.
      Nous comparûmes bientôt
      Par-devant Grippeminaud,
      Et c'était bien, sur ma tête,
      La plus effroyable bête
      Qu'il me fût donné de voir.
      Il avait physionomie
      Tantôt d'un lion rugissant,
      Tantôt d'un chien caressant,
      Souvent d'un loup dévorant.
      Sa griffe, de sang rougie,
      S'agitait nerveusement.
    Des gens vêtus de gibecières
    Sur sellettes nous font asseoir,
    Et Panurge, afin de mieux voir,
Voulut rester debout; mais il n'y resta guères,
    Qu'on ne lui dît : « Asseyez-vous !
    Craignez qu'on ne vous le répète:
    Çà, clairement, répondez tous,

Ou le plafond croule sur votre tête,
    Ou le sol s'enfonce sous vous. »
Nous voilà donc assis. — D'une voix malhonnête,
    Grippemand s'adresse à nous : « Or çà,
Sans vous faire prier, avouez tous cela.

PANURGE.

Avouer quoi? Qu'avons-nous fait? Quels crimes
Nous peut-on reprocher?Montrez-nous nos victimes!
    Ce que je sais, et j'en fais le serment,
    C'est que je suis de tout crime innocent :
Pour la première fois je vois ce territoire,
    Et n'y fis rien que de très-méritoire.

GRIPPEMINAUD.

Ah! c'est ainsi que tu réponds, croquant?
    Il te serait, sache-le, préférable
    D'être tombé dans les griffes du diable
    Que dans les griffes que voilà?
Tu te dis innocent, et tu comptes par là
    A la gêne échapper peut-être !
Tu te trompes, ami.

FRÈRE JEAN.

        Comment l'entendez-vous,
Monsieur le diable en robe? A moins que de connaître
Ce dont vous nous parlez, comment répondrons-nous?
    Répond-on sur ce qu'on ignore?

GRIPPEMINAUD.

Oh ! qu'est cela? d'où vient cette pécore?

Et depuis quand, sans être interrogé,
　　En ces lieux prend-on la parole?
　　Ce fou vraiment est enragé.
Sans procuration tu parles donc, mon drôle!
Bien! bien!
　　　　(A *Panurge*.)
　　　　Çà, Goguelu, tu ne veux avouer?
Fais de bon gré, si ne veux qu'on t'y force.

PANURGE.

Nous sommes innocents, c'est en vain qu'on s'efforce
De chercher nos méfaits, c'est de nous se jouer;
Qu'on nous laisse partir.

GRIPPEMINAUD.

　　　　　　Quoi! partir, tu veux rire!
Sache bien, mon ami, que, depuis trois cents ans,
　　　Aucun n'est sorti de céans
　　Sans y laisser ou le poil ou la plume,
Et bien souvent la peau; sinon l'on penserait
　Que sans motif nous avons la coutume
　　De lancer des ordres d'arrêt.
　　Çà, voyons, tu ne veux répondre?

PANURGE.

Je répondrai, si je suis criminel,
Que j'ignore comment... Mais sans plus me morfondre,
　　Puisqu'enfin vous me croyez tel,
Je suis un grand pécheur, et je dois être en faute;
　Si ce n'est moi, c'est sans doute un des miens.

Je demande à la chambre haute
De m'excuser, de briser nos liens;
Enfin je la supplie encore,
Pour expier ce crime que j'ignore,
De vouloir accepter ces écus régaliens. »
Au son de l'or maint regard étincelle.
Quand de Panurge on ouvrit l'escarcelle,
Les chats-fourrés de la griffe jouaient
Comme ménétriers qui pressent la cadence;
Puis, tout ravis, ils se disaient :
— « Ce sont épices que je pense,
Procès friand! Ce sont des gens de bien.
Grippeminaud reprenant son maintien,
« Allez, dit-il, vous n'êtes punissables.
Nous sommes noirs, voyez-vous, plus que diables.»
Nous voilà donc libres enfin.
Sans perdre de temps davantage,
Nous regagnâmes le rivage,
Et rencontrâmes gens sans fin
Portant gibier de toute espèce,
Etoffes de velours, étoffes de satin,
Le tout pour faire politesse
Aux chats-fourrés. On venait de partout,
Et, pour se les rendre propices,
On apportait cadeaux auxquels ils prenaient goût,
Cela s'appelait des épices.
« Mais, dit Panurge, on m'avait assuré
Que tout gibier devait être sacré,

Dans la saison où nous sommes. Je pense
Que pour chasser ces gens ont eu dispense ;
Car je vois du gibier et de toute couleur.
    — Il est vrai, répondit le guide,
Qu'ils bravent les édits du roi ; c'est un malheur
Qu'on redoute bien moins que la rage homicide
    Des chats-fourrés : leur déplaire est, ma foi,
    Plus dangereux que de déplaire au roi.

JEAN.

Vertu de froc ! si nous faisions carnage
Des chats-fourrés, puisque nous sommes là.

PANURGE.

Je n'en suis point.

JEAN.

            Ainsi, dans ce voyage,
Je devrai seulement vos péchés écouter,
Vous absoudre et messe chanter !
Paques de Sôle ! arrivez à confesse,
    Pour pénitence à qui premier viendra,
Comme lâche et méchant, je veux que tête, baisse,
Il aille au fond de l'eau, puis il y restera.
    Ce qui d'Hercule a fait la renommée,
        C'est que, parcourant l'univers,
        Il l'a purgé des animaux pervers,
    Mieux que ne l'eût fait une armée
De poltrons comme vous. — Oh ! que n'ai-je son bras

Pour affranchir ces lieux de telle tyrannie !
    Sans vous j'irai seul de ce pas.
Ne venez-vous?

PANURGE.

        Quelle est cette manie?
Ne sommes-nous, dites-moi, bienheureux
D'être sortis de ces lieux formidables?
Moi d'y rentrer je suis peu désireux.
En quelque lieu qu'il vous soit agréable
De voyager, je vous suis d'amitié,
Hormis par là. — Moi je suis comme Ulysse :
Dans l'antre du Cyclope il avait oublié
Sa bonne épée, il ne fut point si nice
Que d'y rentrer pour elle; il eut raison;
Mais il serait bien plus hors de saison
    Que dans ces lieux je retournasse ;
N'ayant oublié rien, au Seigneur je rends grâce.

VII.

Ce que nous vîmes à Papefiguière.

Pantagruel pourtant se morfondait,
    Et soucieux nous attendait,
Craignant pour nous quelque mésaventure.
    Dès que nous fûmes réunis,
    Au vent on livre la voilure;
On lève l'ancre, et nous voilà partis.
Le lendemain, avec un temps prospère,

Dans un pays nommé Papefiguière
Nous abordons. — Les hôtes de ces lieux
Sont aujourd'hui pauvres et malheureux ;
Pourtant jadis leur sort faisait envie.
　　Voici ce qui fit leur malheur :
Ils sont voisins de la Papimanie.
Le pape seul est souverain seigneur
De ce pays, ce qui n'est que feintise,
Car l'île entière est bien aux gens d'Eglise.
　　Le pape ne la vit jamais.
　　L'autorité, lorsque c'est jour de fête,
　　Montre au peuple un tableau mal fait,
Mais qui du pape est, dit-on, le portrait.
Puis chacun se prosterne en voyant cette tête.
Papefigues, un jour, étrangers au pays,
Lui montrèrent le poing en lui faisant la figue
(C'était passer le pouce entre index et médium),
　　Puis, oubliant tout décorum,
　　Mille outrages on lui prodigue ;
　　Les gens du pays, cependant,
　　Ne pouvant supporter l'injure
　　Qu'on avait faite à leur peinture,
　　Sur leurs voisins vont se ruant,
　　Tout incendiant et tuant,
Pillant et violant, ne faisant grâce aucune,
　Hormis pourtant à quelques prisonniers
　　Que l'on arrêta des derniers,
　　Et qui, pour comble d'infortune,

Afin de racheter leur vie avaient promis
 D'en passer par où Barberousse,
 Prince à l'humeur assez peu douce,
 Fit autrefois passer ses ennemis.
Les Milanais, poussés par ne sais quel vertige,
 Chassent sa femme un jour honteusement;
Sur une vieille mule à monter on l'oblige,
 Face en arrière et derrière en avant.
  L'empereur fit garder la mule;
Puis, ayant de nouveau dompté les Milanais,
  Par un châtiment ridicule
  Il se vengea des ses sujets.
  Dans l'anus de la pauvre bête,
  Que sur la place on conduisit,
  Maître Charlot introduisit
  Une figue; — à son de trompette,
  Aux Milanais ensuite on fait savoir
  Qu'il faudra cette figue avoir
Avec les dents, sans recourir à l'aide
De ses deux mains, et de même façon
La remettre en son lieu, si l'on veut sans rançon
 S'en retourner; mais quiconque ne cède
 A cet arrêt, sera pendu soudain.
 Tout y passa, l'on réclamait en vain.
C'est ainsi qu'on traita ceux de Papefiguière,
  Qui depuis ne profitent guère,
 Comme chez nous on expie en ces lieux
  Les sottises de ses aïeux.

VIII.

De la Papimanie et des Papimanes.

Nous partîmes de là pour la Papimanie,
  Et prîmes plus d'un passager
          Étranger,
Qui du pape voulait saluer l'effigie.
  « Et ce portrait-là cependant
  Ne peut être très-ressemblant.
Depuis qu'on l'a tracé, l'on en a vu bien d'autres,
  Leur dit Panurge, et, pour ma part,
  J'ai bien vu trois successeurs des apôtres.
  — Il ne se peut, lui répondaient-ils; — car
Il n'en est qu'un. — La chose est pourtant sûre;
J'en ai vu trois, et non pas en peinture.
L'un après l'autre, il est vrai, je les vis,
Et n'en tirai jamais aucuns profits. »
Ces pauvres gens soudain s'agenouillèrent
Devant Panurge et ses souliers baisèrent,
Disant : « Heureux et quatre fois heureux,
Vous avez vu ces saints miraculeux!
  Ne craignez rien, sur cette terre
Vous serez bien reçus. » Ils étaient tous ravis
Et nous mangeaient des yeux; on les avait requis
  Afin d'aller en extraordinaire
  Porter hommage au nouvel empereur,

De différents états ils offraient l'assemblage :
    C'était un moine et puis un procureur,
    Un fauconnier, enfin un laboureur
    Que l'on avait chargés de ce message.
    A peine étions-nous débarqués,
    Qu'ils ameutaient le populaire,
    En lui criant : « Ils ont vu le saint Père ! »
      Aussi fûmes-nous remarqués ;
      Car ce cri sur notre passage
      De bouche en bouche avait couru :
      Ils l'ont vu ! compère, ils l'ont vu !
      Cela fit un si grand tapage,
      Qu'Homenaz, évêque du lieu
      (Il priait là grassement Dieu),
      Monté sur sa plus belle mule,
      D'habits épiscopaux chargé,
      Accompagné de son clergé ,
      Que l'attrait du nouveau stimule,
      Arrive en grande hâte à nous
      Pour se jeter à nos genoux.
      Aussitôt nous nous excusâmes
      Et de s'abstenir le priâmes ;
Il nous offrit alors avec civilité
      Une franche hospitalité.
    Nous le suivons : un clergeon sur la place,
      Tenant en main un bassinet,
      Dans les rangs du peuple passait,
      Disant : « N'oubliez pas, de grâce,

Ceux qui du pape ont vu la face. »
Et tôt après nous apporta l'argent
Dont le bassin s'emplit en un moment.
« C'est bon, dit Homenaz, nous aurons soupe grasse;
Il nous faut en deux lots cet argent partager,
   L'un pour manger,
   L'autre pour boire. »
  Dans un des plus beaux cabarets
Nous entrons; on servit toute espèce de mets
  Bien parfumés de truffe noire,
 Et des vins fins que de jeunes tendrons,
Au doux sourire, aux soyeux cheveux blonds,
 Nous apportaient, gracieux échansons;
 Des fleurs étaient à leurs cheveux mêlées,
 Elles avaient de longs voiles de lin,
 Elles marchaient, on les croyait ailées;
 Elles parlaient, leur langage divin
 Semblait plus doux qu'un doux chant de nonnain.
 Le frère Jean en dessous les regarde,
 Ainsi qu'un chien qui guette une perdrix.
 Notre évêque buvait sans trop y prendre garde,
 Jetant sur nous des regards attendris;
  Rien n'égalait sa jouissance,
 Quand il pensait qu'il était en présence
 De voyageurs par le pape bénits.
 Il nous fit même un discours pathétique
Sur l'amour du prochain, quand il n'est hérétique,
 En se frappant l'estomac de son mieux,

Et de gros pleurs s'échappaient de ses yeux.
　Pour ne point paraître insensibles,
Chacun de nous s'escrimait du mouchoir,
Et nous poussions des miaoux terribles,
　C'était attendrissant à voir.
　Ce qu'en personnes bien apprises,
　Nos jeunes nymphes avisant,
　Pour couper court à ces sottises,
　Apportent un dessert friand,
　Des vins fins et des confitures,
　Et cela fit diversion.
　Le frère Jean des Entomures
　Avait grande démangeaison
　De tâter des jeunes commères,
　Mais alors tout était perdu :
　Un moine qui le pape a vu
Devait avoir appétits moins vulgaires,
　Sous peine d'être méconnu.
　Nous fîmes là charmante étape;
　Tous ces adorateurs du pape
De nous avoir se trouvaient si contents,
　Qu'ils voulaient nous garder longtemps;
　Mais nous quittâmes leur contrée
Quand le soleil ramena le beau temps.

IX.

Comment les paroles dégèlent au printemps.

Nous jouissions des douceurs du printemps,
En naviguant sur la mer azurée,
    Lorsque soudain il se fit
    Un formidable bruit.
C'étaient en l'air des voix confuses,
Le son du cor, celui des cornemuses,
Des ris, des pleurs, de grands coups de canon,
Des sons guerriers, le choc d'une bataille,
Le bruit du verre et celui du bouchon,
Des cris d'enfant, de nourrice qui braille,
Des chants joyeux, un sourd gémissement,
Nous en étions effrayés grandement.

PANURGE.

    Ça, frère Jean, point ne t'écarte,
    Ce sont de vrais coups de canon ;
    De quelque endroit que cela parte,
    J'ai peur, oui, je ne dis pas non ;
    Sur mer je n'ai point de courage
    Et je ne crains pas le tapage,
Mais le danger ; puis ils sont contre un dix ;
Et puis ils sont chez eux, dans leur pays,
C'est leur terrain, non le nôtre... au contraire....
    Fuyons, ou bien c'est fait de nous.

PANTAGRUEL.

Qui brait là-bas! Jean, faites-le donc taire
Pilote, mon ami, qu'est-ce, le savez-vous?

LE PILOTE.

Ce n'est rien, nous voici près de la mer glaciale.
　　Lors du dernier hiver,
　　Se livra bataille navale
Dans cet endroit; les sons gelaient en l'air,
Et maintenant tout ce bruit la dégèle.
Voici des sons qui tombent comme grêle
Sur le tillac. En achevant ces mots,
Notre pilote en jetait à poignées,
On aurait dit des perles colorées
Diversement; nous vîmes des propos
De gueuleton, mais en langue étrangère,
Et tout cela pour nous était mystère.
Il en fut un que je compris pourtant,
On aurait dit une grosse dragée.
Jean dans la main l'ayant un peu pressée,
Elle rendit un son très-éclatant,
Comme ferait châtaigne au feu laissée,
Qu'on n'aurait pas fendue auparavant.
En entendant ce bruit, nous nous mîmes à rire,
　　Car sans savoir la langue on comprenait
　　Que ce grêlon était un pet.

·X.

Ce que c'étaient que les habitants de l'île de Ruach.

Deux jours après, notre navire
  A l'île de Ruach arrivait.
De ce pays le peuple est fort étrange,
  Jamais il ne boit ni ne mange;
Mais pour s'alimenter là s'achète et se vend
      Le vent.
Les pauvres gens usent, pour ordinaire,
De certains éventails de plume ou de papier,
  Mais les gens riches se font faire
De beaux moulins à vent. Plus d'un gourmet préfère
  Au siroco le zéphir plus léger.
  Je vis un homme d'importance,
  Gros, bien nourri, de superbe prestance,
  Qui châtiait rudement son valet
  A coups de pied. — Ce tire-laine
  Fut attrappé comme il volait
  Certaine outre que l'on voulait
    Garder pour la saison prochaine.
    J'aperçus de gros éventés
    Qui se promenaient par la plaine
    Et qui portaient à leurs côtés
Petits soufflets passés dans la ceinture.
    Du reste cette nourriture

Coûte peu ; c'est pourquoi, suivant ce qu'on m'apprit,
Ces gens ont le loisir d'occuper leur esprit
   De poésie et d'art et de science.
    Du reste ils n'ont que l'apparence
  De la santé, car les plus gras d'entre eux
  Sont bien plutôt soufflés que vigoureux ;
  Ils sont très-vains, plus qu'ils ne sont capables.
  Et, quelquefois, un tel orgueil ils ont,
  Qu'on en a vus en perdre la raison,
Et leurs réunions seraient fort agréables
  Sans ce malheur, et, quand je dis malheur,
  C'est qu'en cela rien ne viendrait du leur.
Chez certains en effet assez mal se digère
   Cette nourriture légère.
Le vent ne peut passer, il remonte au cerveau,
Et de leur jugement embrouille l'écheveau,
   Et sous ce mal plus d'un succombe.
  Or quand cela leur arrive, je vois
  Qu'ils ne font que souffler des pois.
On nous dit que plusieurs éclataient comme bombe,
Tant ils étaient soufflés. Nous quittâmes bientôt
Cette île, on ne pourrait y vivre comme il faut.
  Du vent pour nous, c'est bien pauvre cuisine.
Nous irons visiter une île assez voisine,
   Et le pays de Satin est son nom.
  Les gens de Ruach nous en disent merveille,
  Dans leur endroit l'île est en grand renom ;
  Mais le bon sens chez nos hôtes sommeille.

Ce que je sais, c'est qu'ils n'ont jamais vu
Ce royaume enchanté qui leur est si connu.
Suivant eux, aux abords de cette île immortelle,
On trouve une nature inconnue et plus belle.
On voit de fiers tritons se jouer sur la mer,
Et puis mainte syrène à la voix séduisante
   Charme l'oreille et les regards enchante.
L'oiseau vit dans le fleuve et le poisson fend l'air.
     Du fantastique c'est l'empire;
     Là règne le prince Ouï-Dire.
     Tout autant qu'avait d'yeux Argus,
     Il a des oreilles; de plus,
   Langues il a tout autant que d'oreilles,
     Et toutes parlent à la fois:
   Aussi n'a-t-il que l'ouïe et la voix.
     Vous verrez, entre autres merveilles,
Des gens à pieds de bouc. On les traite en marauds;
     D'autres, d'une belle stature,
Ont le buste de l'homme et le corps des chevaux;
Ils ont de cavaliers et l'office et l'allure.
Lors frère Jean s'enquit du boire et du manger.
« Vous verrez, lui dit-on, des fruits de toute sorte,
   Appétissants à l'œil, mais au toucher
On s'aperçoit qu'ils sont d'étoffe ou de papier.
     C'est tout ce que le sol rapporte,
     Cela n'est pas très-engageant.
Nous ne pouvons non plus séjourner où nous sommes,
     La pitance manque à nos hommes;

ls ne sont point d'humeur à se nourrir de vent.
Nos pigeons messagers servent de nourriture....
Et je crains bien.... » Ici s'arrête l'écriture.
 « Et ce qui vous en est connu,
  Par quel moyen vous est-il parvenu?
Le voici, cher lecteur : On avait mis en cage,
  Sur le vaisseau du bon Pantagruel,
Certains pigeons, tous nés au logis paternel,
Qui dans le colombier avaient laissé lignage.
Pantagruel prenait un de ses tourtereaux
  Pour envoyer à son père nouvelle ;
  A la patte ou bien sous l'aisselle
  Il attachait, écrit en peu de mots,
Le merveilleux récit de son pélerinage ;
  Puis, aux profondeurs de l'éther
  Il livrait le captif, qui, sans craindre l'orage,
Hachait l'air de son aile en devançant l'éclair.
  Il y mettait d'autant plus de vitesse,
Que de voir ses petits il avait le désir,
Car pour leurs pigeonneaux ils ont telle tendresse,
Que du plus loin vers eux on les voit accourir.
  Au colombier veillait une servante,
  Qui, chaque fois qu'un pigeon revenait,
  A la volaille diligente
  Prenait l'écrit et l'apportait.

   FIN.

Paris. — Imp. de Pommeret et Moreau, quai des Augustins, 17.